rowohlt

Max Goldt

Wenn man einen weißen Anzug anhat

Rowohlt

3. Auflage November 2002
Copyright © 2002 by Rowohlt Verlag GmbH,
Reinbek bei Hamburg
Alle Rechte vorbehalten
Satz aus der Adobe Garamond von
Pinkuin Satz und Datentechnik, Berlin
Druck und Bindung Clausen & Bosse, Leck
Printed in Germany
ISBN 3 498 02493 0

Inhalt

Vorwort *(20. 6. 2002)* 9
Es soll keiner dabei sein,
  den man nicht kennt *(6. 9. 2001)* 12
Schlechtes Gelächter 1 *(7. 9. 2001)* 18
Ereignisverzerrter Tag *(11. 9. 2001)* 20
Zugfahrt *(12. 9. 2001)* 23
Schweigen und Schreien *(13. 9. 2001)* 26
De deepest hole *(14. 9. 2001)* 27
Adjektive und Eklats *(15. 9. 2001)* 30
Quorn *(16. 9. 2001)* 36
Konversation bei Tisch und im Stehen *(29. 9. 2001)* 40
Versprecher verjagt Ärger *(30. 9. 2001)* 46
Damenbesuch *(15. 10. 2001)* 48
Innerliches Listenführen *(16. 10. 2001)* 50
Was man nicht sagt *(17. 10. 2001)* 52
Was man durchaus ab und zu
  sagen kann *(18. 10. 2001)* 58
Ansbach *(22. 10. 2001)* 60
Pforzheim *(23. 10. 2001)* 62
Tübingen *(24. 10. 2001)* 64
Aschaffenburg *(25. 10. 2001)* 65
Der Mann auf dem Balkon *(27. 10. 2001)* 66
Schußverletzung ohne Schießerei *(28. 10. 2001)* 67
Bukowski prügelte nicht *(29. 10. 2001)* 70
Eugen glänzt und Norbert nervt *(3. 11. 2001)* 72
Ein Comicduo ziert sich und
  zieht sich zurück *(4. 11. 2001)* 74

Konzentriertes Ungemach *(5. 11. 2001)* 76
Gosh! *(7. 11. 2001)* 79
Einschneidende Klinken *(8. 11. 2001)* 81
Wie Björk mir dankte *(14. 11. 2001)* 85
Weiteres über aufgeweichte Begriffe *(15. 11. 2001)* 86
Ein Gentleman beklagt sich nicht,
    es sei denn auf Papier *(16. 11. 2001)* 89
Die nichtgehaltene Rede *(17. 11. 2001)* 92
Kiesinger weiß kein Mensch
    was drüber *(2. 12. 2001)* 96
Im Reiche des altdeutschen Walters *(4. 12. 2001)* 105
Beine auf der Bühne *(5. 12. 2001)* 107
Gemalte Hotelchefin *(6. 12. 2001)* 111
Gemalte Hotelierfamilie *(7. 12. 2001)* 113
Definition *(8. 12. 2001)* 115
Akzeptiert *(14. 12. 2001)* 117
Schlechtes Gelächter 2 *(15. 12. 2001)* 118
Im säuerlichen Taxi *(17. 12. 2001)* 122
Kölner und Düsseldorfer *(19. 12. 2001)* 123
Beratung *(20. 12. 2001)* 124
Unschönes Geld im Anmarsch *(21. 12. 2001)* 125
Ab wann im Leben weiß man etwas? *(27. 12. 2001)* 126
Erste Besorgungen *(2. 1. 2002)* 130
Schnelle Männer *(3. 1. 2002)* 130
Neu im Haus *(4. 1. 2002)* 132
Hitzköpfiges Bürgerbewußtsein *(5. 1. 2002)* 134
Der erneuerte Spießer *(6. 1. 2002)* 136
Zwei Männer nie mit Strohhalmen *(7. 1. 2002)* 138
Are we crazy for taking the bus? *(8. 1. 2002)* 139
Daß sich Träume an- und abstellen lassen *(9. 1. 2002)* 141
Gesellschaftskritik *(10. 1. 2002)* 144
Forderung einer Dösenden *(11. 1. 2002)* 145

Vermeintlicher Metzger sieht fern *(18. 1. 2002)* 146
Die Arme *(19. 1. 2002)* 148
Hausieren *(21. 1. 2002)* 150
Madame Butterbrei *(22. 1. 2002)* 151
Stäbchen *(23. 1. 2002)* 152
Die Elektriker *(24. 1. 2002)* 154
Beim Warten auf das Frühstück geschrieben *(30. 1. 2002)* 157
Murphys Undank *(31. 1. 2002)* 158

20. 6. 2002

Vorwort

Eines Tages besuchte mich mein neuer Verleger in meiner alten Wohnung und erwähnte, daß ihm die tagebuchartigen Texte in meinem letzten Buch so gut gefallen hätten, daß er mir vorschlagen möchte, etwas Ähnliches über einen längeren Zeitraum zu versuchen.

«Warum?» fragte ich.

«Weil das eine andere Form ist, eine, die mir Ihnen gemäß erscheint.»

«Was soll denn an der Form anders sein? Ist der Unterschied der, daß man über die Texte anstelle eines Titels ein Datum schreibt?»

«Nicht nur das. Die Tagebuchform würde Ihnen ermöglichen, die einzelnen Texte, mehr als Sie es bis heute getan haben, miteinander zu verknüpfen.»

«Sind meine bisherigen Texte nicht ausreichend durch den Umstand verknüpft gewesen, daß sie alle vom gleichen Autor geschrieben wurden? Außerdem gab es doch Themen und Topoi, die immer wiederkehrten. Erinnern Sie sich nicht an das ‹kaltgewordene Würstchenheißmachwasser›?»

«Nein, daran erinnere ich mich nicht. Versuchen Sie doch einfach, meinen Vorschlag anzunehmen.»

Ab Juli 2001 versuchte ich, aber mir gefielen meine Versuche nicht. Ich brach das Tagebuchvorhaben ab. Nur ein einziger Eintrag aus dieser Zeit schien mir vollkommen einleuchtend und notwendig zu sein:

15. 8. 2001

Heute ist es so heiß, daß ich unmöglich etwas anderes machen kann, als mir ein Telegramm auszudenken, in dem sich Königin Elizabeth beim Regierenden Bürgermeister für die Straßenabsperrungen anlässlich ihres Berlin-Besuchs von 1978 bedankt.

Sehr geehrter Herr Wowereit!
 Leider komme ich erst heute dazu, mich für die Straßenabsperrungen während meines Berlin-Besuches vor 23 Jahren zu bedanken. Sie verhinderten, daß die zahlreichen Schaulustigen, die damals die Straßen säumten, mich allzusehr bedrängten oder sogar am Ärmel zupften.
 Ich konnte all die Winkenden gleichwohl gut sehen, sogar deren untere Körperteile, da die Absperrung nicht aus massivem Mauerwerk bestand, sondern aus Metallgitter. Aus dem gleichen Grunde konnten die Berliner auch mich gut sehen. Bitte teilen Sie Ihrem Amtsvorgänger von damals, Herrn Dietrich Stobbe, mit, daß ich die Absperrungen in allerbester Erinnerung habe.

Mit freundlichem Gruß,
Elizabeth

Nach einigen Wochen schrieb ich doch etwas Tagebuchartiges und fragte meinen neuen Verleger, ob wir uns noch mal treffen könnten.
 «Mit Ihrem Vorschlag», sagte ich zu ihm, «kann ich mich inzwischen anfreunden. Ich möchte aber nicht jeden Tag aufschreiben, wann ich aufgestanden bin, was ich gegessen und wen ich getroffen habe.»

«Die Tagebuchform erlaubt enthaltsame Passagen beliebiger Länge.»

«Ich würde in dem Buch aber auch ganz gern ein, zwei Texte vom Anfang des Jahres unterbringen, weil die sonst vermodern würden.»

«Ein Tagebuch erlaubt formale Mogeleien sämtlicher Art. Es ist die freieste literarische Form, die es gibt.»

«Dann haben Sie meine Zusage.»

6. 9. 2001

Formale Mogelei! Wenn solch eine schillernd feine Sache erlaubt ist, will ich gleich damit beginnen. Hier ein Text aus dem Februar 2001:

Es soll keiner dabei sein, den man nicht kennt

Für den Fall, daß das Gespräch stockt, gibt es ein Repertoire harmloser Fragen, auf die jeder etwas sagen kann. So fragte man mich neulich, was ich täte, wenn ich unvorstellbar viel Geld hätte. Ich wußte nicht so recht.

An Autos habe ich gar kein Interesse, an teurer Kleidung nur ein theoretisches, also kein tatsächlich in Boutiquen führendes. Neulich sah ich ein extrem nobles Bett aus der Kollektion «Gentleman's Home», ich dachte, hey, das ist ein richtig cooles Sterbebett, da können sie dann alle drumherumsitzen mit ihren Stirnabtupfschwämmchen – aber ich habe mir schon vor drei Jahren ein neues Bett gekauft, und einer, der sich alle drei Jahre ein neues Sterbebett zulegt, über den werden die Menschen tuscheln und sagen, der wechsele seine Sterbebetten wie diejenigen Leute ihre Liebhaber wechseln, über die wir Liebhaber abgewetzter Redensarten immer tuscheln, daß sie die Liebhaber wie ihre Socken wechseln würden. Außerdem kostete das Bett nur 20 000 Mark. Das ist etwas dürftig für großen Reichtum. Für eine Villa mit Garten wiederum braucht man Personal – Personal, dessen Arbeitseifer ständig zu überwachen wäre. Immer würde man mit dem Zeigefinger über Kommoden streichen und rufen: «Ha! Staub! Gehaltsabzug!»

Man würde ein mißtrauischer Mensch werden, würde bemerken, daß die Housekeeperin heiser in ein Telephon flüstert, würde gerade noch verstehen: «Du – ich muß Schluß machen, der Alte kommt», und in dem Moment, in dem man den Salon betritt, würde man die Hausdame einen Blumenstrauß rearrangieren sehen und scheinheilig ein Lied pfeifen hören, worauf man fragt: «Mit wem haben Sie denn telephoniert, Frau Harrison?» Die Antwort lautet: «Telephoniert? Ich? Sie sollten mehr unter Menschen gehen, wenn Sie Stimmen hören.» Bald schon ist man nervenleidend, da kriegt man heiße Milch ans Bett gebracht, die aber seltsam schmeckt, und so wird die Frage gestellt: «Die heiße Milch, die schmeckte so nach Bittermandel, wie kann das bitteschön möglich sein?»

«Menschen, die einsam, reich und nervös sind», kommt es zur Antwort, «haben oft einen bitteren Geschmack im Mund – auch die letzte Herrschaft, der ich diente, Reichsmusikrat Häberle, hatte in den Wochen vor seinem Tode, den die Herren vom Feuilleton – und natürlich auch ich! – als arg verfrüht empfanden, oft über eine bittere Note im Munde geklagt – das ist also ganz normal», sagt Frau Harrison nun. Daher: Bloß keine Villa im Falle großen Geldes.

Lieber würde ich mir schon ein kleines Sanatorium in einem Luftkurort kaufen. Nicht um darin zu wohnen, sondern nur, um dort zwei- oder dreimal im Jahr mit offenen Armen und vor absolut echter Freude strahlenden Zähnen empfangen zu werden. Ein halbes Dutzend guter Menschen in weißen Kitteln, die wie Kinder ungeduldig auf einer Freitreppe auf- und niederhüpfen und «Da ist er! Da ist er!» rufen, sobald sie mein Taxi dem Sanatorium sich nähern sehen, das sollte mir schon noch vergönnt sein im Leben. Nach den üblichen Vorsorgeuntersuchungen und Anwendungen gäbe es ein Diner in einem auserlesenen Kreis aus Politik, Kultur und Wissenschaft, von dem ich mich früh zurückzöge, um mir nebenan in einer Bibliothek, schön ausgestattet mit der Liege «Duke», dem Tisch «Churchill» und dem Hocker «Edward» aus der Collection «Gentleman's Home», unter ärztlicher Aufsicht Heroin spritzen zu lassen.

Seit langem wünsche ich mir, einmal Heroin auszuprobieren. Es ist kein besonders dringlicher Wunsch, eher ein vager Plan wie: Ich möchte gern mal eine Rundreise auf den Azoren machen. Es ist mir egal, ob es nächstes Jahr passiert oder in fünfzehn Jahren, und ich würde mein Leben auch nicht als ein verpfuschtes ansehen, wenn es gar niemals geschähe. Wohl gab es schon Gelegenheit, die Droge auszuprobieren, aber es waren unbehagliche, schmuddelige Gelegenheiten, es war zuvor schon Alkohol geflossen, es waren Leute dabei, die ich nicht kannte, ich mochte die Musik nicht, und die Küche war schmutzig. Ich dachte: Nee, das isses jetzt nicht. Ich will lieber auf den richtigen warten – den richtigen Moment. Ich möchte hier nicht bis sonstwann herumliegen und dann mittags mit einem schrecklich trockenen Mund voll ungeputzter Zähne in einem Doppeldeckerbus voll lärmender Schüler nach Hause fahren und mich nicht wirklich interessanter fühlen als auf herkömmliche Art durchgemacht.

Es soll vielmehr so sein: Ich liege in der bereits erwähnten Bibliothek auf einer Récamiere, einer der zu meinem Sanatorium gehörigen Ärzte, der mehr als lediglich «Ahnung» vom Verlauf meiner Venen haben sollte, injiziert mir das Rauschgift, und ein mit mir befreundeter Pianist beginnt mit großem Mitempfinden Schubert zu spielen. Er kann statt mit mir auch mit dem Arzt befreundet sein – es ist mir eigentlich egal, mit wem er befreundet ist, Hauptsache, seine Freunde rufen nicht an, während er spielt.

Allmählich stellt sich dann dieses mit gar nichts vergleichbare Glück ein, diese allumfassende Wärme, von der Rockstars in ihren Post-Entzugs-Interviews immer auf so überaus unpädagogische Weise schwärmen. Sollten das Glück und die Wärme von irgendwelchen physischen Unerfreulichkeiten begleitet werden, drücke ich auf einen Knopf, und sofort kommen die mich natürlich sowieso durch unauffällige Löcher in einem im Nebenzimmer befindlichen Gemälde betrachtenden Ärzte herbei und regulieren mich. Ich hoffe aber, das wird nicht nötig sein: Die Ärzte werden das Heroin in einem blitzsauberen Laboratorium selbst hergestellt und mit einem speziell entwickelten Computerprogramm die für mich ideale Dosis genau berechnet haben.

Nach einer vitaminreichen Erholungsphase kommt es zu einer anrührenden Abschiedsszene auf der Freitreppe. Alles hat sich eingefunden, und wir schauen einander dankbar in die Augen. Ich ergreife des Chefarztes beide Hände, wie man es tut, wenn man sich einander wirklich verbunden fühlt, und wie ich schon fast beim Taxi bin, lasse ich meinen Koffer fallen und renne noch einmal zurück, um alle zu umarmen. Im Auto sitze ich dann in frischer Kleidung, mit gut geputzten Zähnen, und sehe mich zufällig im Innenrückspiegel. Ich bemerke, daß auch der Sanatoriumsfriseur beste Arbeit geleistet hat, so gute Haare hatte ich noch nie. Soll ich den Fahrer veranlassen, noch einmal umzukehren, damit ich auch den Friseur umarmen kann? Ich denke: Nächstes Mal, er läuft mir ja nicht weg, ich bin ja sein Brotherr.

Daheim sitz ich auf nacktem Stuhl in zierdelosem Zimmer und verrichte ruhig und trocken eine harte Arbeit nach der andern, ganz so, wie's sein soll in einer Welt von Pflicht, Verstand und Sitte. Zwischendrin frag ich mich aus: War das Glücksgefühl wirklich mit nichts anderem vergleichbar? Wenn ich dann sag, woll woll – es war schon mighty special, und wenn ich dies nach langem Inmichgehen noch immer ohne Selbstbelügung sag, dann fahre ich nach einem halbem Jahr noch einmal in mein Sanatorium zu meinen wunderbaren Ärzten, zum Pianisten und Friseur. Wenn nicht, dann verkaufe ich die Klinik wieder. Wenn aber doch, dann würde ich mir nach einigen Testjahren den Bundespräsidenten schnappen, ihm eine MiniDisc in den Mund schieben und ihn im Fernsehen sagen lassen: «Wäre es nicht klug, wenn wir das ganze dumme alltägliche Gesaufe und Gerauche sein ließen und uns zweimal im Jahr auf feierliche Weise und unter Bedingungen, die unserer Kultur entsprechen, den *wirklich interessanten* Stoff zuführen?»

Dies also ist meine Auskunft auf die Frage, was ich täte, wenn ich ganz furchtbar reich wär. Mag sein, daß nun derjenige, der mich gefragt hat, unzufrieden ist und meckert: «Ja, soll man denn daraus lernen, daß nur Reiche ein Recht auf einen Glücksrausch haben? Das ist ja ganz schön undemokratisch!»

Da sage ich: Ich habe nur eine Frage beantwortet, ich habe nicht gesagt, daß man aus der Antwort Lehren ziehen soll. Aber ganz nüchtern, d. h. ohne politische Richtung betrachtet: Wenn tatsächlich nur ganz Reiche Heroin nähmen, hätten wir ein gesellschaftliches Problem weniger. Ebenso wären die Umweltprobleme weit weniger dramatisch, wenn nur die Reichen Auto fahren würden.

«Wer so spricht, wird einsam sterben!»

«Das werden wir ja sehen, wer hier einsam stirbt!»

Und sollte man nicht auch, der gedanklichen Sorgfalt zuliebe, wenigstens versuchsweise bezweifeln, daß es schlimm ist, allein zu sterben? Ich pflege, wie bereits vor Jahr und Tag erwähnt, eine lockere Freundschaft mit dem Gedanken, daß das unangenehmste Ereignis im Leben eines Menschen die Geburt ist und das angenehmste der Tod. Ich will mich hier keineswegs der Vorstellungswelt von Gruftrockern und ihren abgelebten Tabubrüchen annähern. Sex im Sarg kann mich nicht locken, und auf Friedhöfe gehe ich nur wegen des Baumbestandes. Ich muß es noch deutlicher sagen: In meiner Brust zwitschert kampfstark und breitbeinig der keimgrüne Vogel der Zukunft. Ich bin so lebenssüchtig, daß man es fast schon augenzwinkernd als lebenstüchtig bezeichnen könnte.

Trotzdem erlaube ich mir zu denken, daß es vielleicht, entgegen allen heute üblichen Ansichten, egal sein könnte, ob man beim Sterben jemanden dabei hat oder nicht. Diejenigen, die Grenzerfahrungen gemacht haben, also schon mal kurz «drüben» waren, berichten erstaunlich übereinstimmend von einem schönen Erlebnis. Ob in den Stunden vor dem Übertritt Menschen an ihrem Bett saßen oder nicht, fand niemand erwähnenswert. Ich achte alle Menschen hoch, die sich in der Sterbehospiz-Bewegung um Schwerkranke bemühen, so auch Uschi Glas. Was aber, wenn man nicht möchte, daß bei einem so intimen Vorgang wie dem Sterben ein Fremder am Bett sitzt und einem die Stirn abwischt, und was, wenn man als Sterbender seinen Sterbebegleiter nicht mag? Vielleicht wird man aus Gewohnheit höflich sein oder aber körperlich zu schwach, um wie gewohnt unhöflich zu sein? Sterbende sind auch nur Menschen, und manch einer hat sein Leben vor dem Fernseher verbracht, und dann hat er Uschi Glas am Sterbebett sitzen – man stelle sich das einmal vor.

Mit letzter Kraft möchte der Sterbende etwas sagen. Uschi Glas nimmt den Schwamm und tupf, tupf, tupf. Sie beugt sich zu ihm hin, um ihn besser zu verstehen, und hört den Sterbenden hauchen: «Autogramm! Ein Autogramm bitte!»

Das ist nicht, was wir vom Leben erwarten: von einem Sterbenden um ein Autogramm gebeten zu werden. Wie soll Uschi Glas reagieren? Um zu sagen: «Das letzte Hemd hat keine Taschen», wird sie nicht kaltschnäuzig genug sein. Sie erfüllt ihrem Fan seinen letzten Wunsch. Und während die Tinte trocknet, verlischt ein Licht.

Ausdenken kann man sich so etwas ja. Aber wenn es wirklich schon mal vorgekommen sein sollte, erwarte ich von Uschi Glas, daß sie das für sich behält.

7. 9. 2001

Schlechtes Gelächter 1

Bei den ersten Vorträgen dieses Textes ärgerte ich mich über das von einigen Zuhörern ausgehende Gelächter, welches dem Satz folgte: «Ich achte alle Menschen hoch, die sich in der Sterbehospiz-Bewegung um Schwerkranke bemühen, so auch Uschi Glas.»

Zum einen dürfte es sich hier um einen Fall von «Prominentennamen-Erkennungsgelächter» handeln. Man muß nur den Namen bestimmter Fernsehstars nennen, schon lachen manche Leute, weil sie denken, es folge nun etwas Lustiges über Saufen oder Skandälchen. Was mich an diesem speziellen Gelächter stört, ist der Umstand, daß da offenbar angenommen wird, ich hätte eine Neigung, mich mit dem Personal von der Titelseite der «Bild-Zeitung» auseinanderzusetzen. Ich halte dieses Personal aber normalerweise für nicht kommentarwürdig. Mich interessierte an Uschi Glas ausschließlich ihr Engagement in der Hospizgeschichte.

Zum anderen befürchtete ich, daß da Abgestumpfte saßen, die soziales Engagement «müslimäßig» finden, Leute also, die man sonst in Kabarettvorstellungen sieht. Kabarettisten und ihr Publikum erwecken schon seit zehn, fünfzehn Jahren den Eindruck, es gebe nichts Lächerlicheres als gesunde Ernährung, Friedens- und Umweltaktivitäten, Emanzipation benachteiligter Gruppen etc. Traditionell steht der Bereich Kabarett/Satire in dem Ruf, im Auftrag der gesellschaftlichen Verbesserung unterwegs zu sein. Das entspricht längst nicht mehr dem tatsächlichen Bild. Kabarettisten und Comedians sind heute Handlanger des Backlash, Formulierungshelfer des Establishments. («Gutmensch») Ich würde zu diesem Thema aus dem Kabarettlager* gerne mal etwas Selbstkritisches hören.

Das Gelächter an der bezeichneten Stelle habe ich übrigens durch einen Trick abgestellt. Ich sagte nicht mehr «Uschi Glas», sondern «die Schauspielerin Uschi Glas», und sofort war das Gelächter stark vermindert oder blieb ganz aus. Offenbar hat die eigentlich überflüssige Nennung der Berufsbezeichnung eine spannungsabfedernde oder seriositätssteigernde Wirkung.

Es ist interessant, mit was für unauffälligen Maßnahmen man die Reaktionen der Zuhörer verbessern kann.

---

* Ob man dort wohl eher in Zelten oder in Baracken lagert?

11. 9. 2001

Ereignisverzerrter Tag

«Als es passierte» – dieser elegante Schlager des Popduos Paula geht mir durch den Kopf. Ja, wo war ich, als es geschah, wo war ich, als ich's erfuhr?

Als es passierte, schrieb ich eine E-Mail an Kurt Scheel, den Herausgeber der Kulturzeitschrift «Merkur». Ich schrieb ihm, daß sein Auftrag, mich in seiner Zeitschrift 16 000 bis 20 000 Zeichen lang über Musik zu äußern, über den Sommer von mir vergessen worden und nun auch nicht mehr auf die Schnelle auszuführen sei, da morgen ein lang vereinbartes viertägiges Herumgondeln durchs Fränkische mit einem Freund aus Frankfurt und dessen Bekannten aus New York angetreten werden müsse. Er solle aber bloß nicht denken, daß ich den «Merkur» geringschätzte, ich hätte bloß keine Routine darin, Schreibaufträge anzunehmen. Ja gewiß, zwar hätte ich noch nie einen «Merkur» gelesen, doch sei mir bekannt, daß es eine Ehre ist, von ihm zur Mitarbeit aufgerufen zu werden. Mit dem Hinweis, daß ich auf möglichst geringe Zerknirschung hoffte, und freundlichen Grüßen schloß ich die E-Mail und ging zum Zweck der Zubereitung eines Gemüsesalates in die Küche, wo ich *es* beim Schneiden von Zucchini aus dem «Info-Radio Berlin-Brandenburg», das ich bei Haushaltstätigkeiten gerne höre, erfuhr.

Ein aufgeregter Radiomann telephonierte mit einer aufgeregten Korrespondentin. Nein, kein Unfall, es scheine ganz so, als ob das Flugzeug, übrigens ein großes und kein kleines, da absichtlich hineingeflogen sei. Ich ging rüber ins Wohnzimmer und stellte den Fernseher an. Auf den ersten drei Programmplätzen, ARD, ZDF und dem Berliner Dritten, gab es noch den normalen Programmablauf. Auf Programmplatz vier, belegt mit BBC, gab es schon die entsprechenden Bilder. Keine Minute dauerte es, bis ich wußte, daß ich mit diesen Bildern nicht allein sein konnte, und Freund Stephan anrief. Er solle sofort BBC oder CNN oder sowas anmachen, keine Zeit für Erklärungen, mach das Ding an, und dann siehst du's ja.

Zwei Stunden glotzte ich auf den Bildschirm. Ich war unglaublich durstig, sah mich aber außerstande, in die Küche zu gehen, um mir etwas zu trinken zu holen. Immerhin war ich in der Lage, einen nicht sehr guten Satz in mein Notizbuch zu schreiben: «Weltgeschichte kotzt mich gerade an wie eine unangeleinte Kampfqualle.» Eine erste Ernüchterung trat ein, als Angela Merkel im Studio erschien. Mein Gott, warum interviewen sie *die* denn jetzt? Angela Merkel sagte das, was Angela Merkel halt zu sagen pflegt, wenn Terroristen in Hochhäuser hineinfliegen, und dann kam auch noch Edmund Stoiber, und ich glaube, er war es, von dem ich zuerst den Satz hörte, nun sei nichts mehr wie zuvor.

Nach Edmund Stoiber stellte ich den Fernseher aus. Leicht weggetreten wanderte ich, dem Panther von Rilke recht ähnlich, eine nicht gemessene Zeit lang durch die Wohnung, öffnete sinnlos Schubladen und schob sie wieder zu, betätigte sinnlos Lichtschalter und trat sinnlos auf den Treter vom Trittmülleimer. Ich rief Oliver, den Frankfurter Freund, an und fragte ihn, ob Adrian, sein Besuch, denn nun noch Interesse habe, einen viertägigen Ausflug durchs Fränkische zu unternehmen – als New Yorker. Oliver sagte, Adrian sitze seit drei Stunden erstarrt vor dem Fernseher, habe aber gerade eben die Absicht geäußert, diesen Zustand nicht auf vier Tage auszudehnen. Der Ausflug finde also statt.

Ich stellte noch einmal das Radio an: ob da vielleicht was anderes zu erfahren sei als aus dem Fernseher. Bei Info-Radio war man bereits bei der Befindlichkeit der Berliner Bevölkerung angelangt. Eine merkwürdige Stille liege über der Stadt.

Da ich eh vorhatte, mir aufgrund der septemberuntypischen Kühle für die Frankenfahrt eine Übergangsjacke zu kaufen, beschloß ich, runterzugehen und mir die merkwürdige Stille genauer zu Gemüte zu führen. Autos donnerten umher, Menschen saßen in Cafés, quakten munter in ihre Telephone und erledigten ihre Einkäufe. Von Stille keine Spur, schon gar nicht von einer merkwürdigen. Ich aber lief nun durch die Stadt so ziellos wie zuvor durch meine Wohnung, kam an manchem Bekleidungsgeschäft vorbei, war aber zu unruhig, hineinzugehen, und dachte an das Wort Übergangsjacke, das ja jetzt am Wendepunkt zu einer Zeit, in der nichts wie zuvor sein würde, eine ganz neue Bedeutung erlangte, und beschloß, eine alte Strickjacke mit auf die Reise zu nehmen.

Ich kaufte mir eine Flasche Wein und kehrte heim. Ins Wohnzimmer mochte ich nicht mehr gehen, denn da stand der Fernseher, und den erbarmungslosen schwarzen Kasten wollte ich nicht mehr sehen. Selbst wenn ich ihn nicht anstellte: Die bösen Sachen sind ja trotzdem in ihm drin. Den ganzen Abend saß ich ohne Info in der Küche, erledigte debilen Steuerkram, schrieb auf dreißig Restaurantquittungen irgendwelche Namen und Berufe und Anlaß der Bewirtung: Projektbesprechung. Ich war ganz ruhig und sachlich, der Wein schmeckte, aber dennoch: Von der Lebensfreude war mir die Schaumkrone heruntergeblasen worden.

12. 9. 2001

Zugfahrt

Die Zeitungen von heute erspare ich mir lieber. Man kann sie sich ja denken. Der Kenntnisstand des Fernsehens von gestern abend, garniert mit reichlich Kommentaren von Schriftstellern und Schauspielern, die sich nach irgendwelchen Ereignissen immer gleich einen Zettel mit Formulierungen schreiben und den neben das Telephon legen in der Hoffnung, sie werden von Medien angerufen.

Wem gilt heute unser Mitgefühl? Den Opfern? Klar, in erster Linie denen. Aber unser Mitgefühl gilt auch jenen eitlen Kommentarwichsmaschinen des öffentlichen Lebens, die gestern vergeblich den ganzen Abend neben dem Telephon standen. Wie muß sich so einer heute fühlen? Das World Trade Center stürzt ein, und niemand bittet ihn um eine Stellungnahme.

Ich verzichte also auf eine Zeitung. Habe auch anderes zu lesen. Mein neuer Verleger hat mich gebeten, ein Romanmanuskript zu lesen, damit er ein lobendes Zitat von mir auf den Buchrücken drucken kann. Da ich den Verleger nett finde und mit dem Autor befreundet bin, kann ich diesen Dienst nicht verweigern, der in der Branche wohl als Gefälligkeit gilt, in Wirklichkeit aber eine ziemliche Belastung ist. In dem Buch geht es um Berliner Polizeialltag und Jugendstrafvollzug. Die seitenlange, sich aufs Anatomische konzentrierende Beschreibung einer verwesenden

Leiche in einer Sozialwohnung erinnert mich merkwürdigerweise an die Beschreibung eines Rosenstocks in Adalbert Stifters «Nachsommer», d. h. sie ist wirklich gut und interessant. Ich würde darüber lieber in einem handlichen kleinen Buch lesen statt in einem versandhauskatalogartigen Manuskript mit ekligem Plastikeinband. Halte ich es in der Hand, wird es mir bald zu schwer, lege ich es auf den Knien ab, sind mir die Buchstaben zu weit entfernt. Ich überlege kurz, ob ich das Manuskript nicht einfach im Zug liegen lasse und dem Verleger irgendeinen üblichen Pressetextschmodder abliefere wie: «Der direkte, unsentimentale Tonfall macht dieses mutige, ehrliche Buch zu einem schmerzhaften, aber reinigenden Erlebnis» oder «Eine Lektüre, die gleichzeitig stumm und süchtig macht» oder «Ein lebenspralles Epos, eine Geschichte voller Sprachmagie, dieses Buch hat die Kraft des Flüsterns und die Macht des Schreiens» – das ist zwar superkackeeklig – die Frau, die auf «Info-Radio Berlin-Brandenburg» Literatur rezensiert, kann sich z. B. ausschließlich in diesem Handarbeitszeitschriften-Jargon ausdrücken – aber ich wäre durchaus in der Lage, diesen Tonfall zu imitieren. Aber nee, denke ich, das mach ich lieber nicht, irgendwo hat man ja schließlich noch sowas wie einen Funken von Restanstand, und deswegen plage ich mich weiter mit dem Trumm herum. Leicht ist's nicht, zumal ich inmitten einer Schülergruppe sitze, deren männliche Mitglieder öde Witze über die gestrigen Ereignisse machen, so etwa in der Art: «Schade, daß unser Klassenlehrer nicht in dem Hochhaus war», worauf die weiblichen sagen: «O Daniel, du bist voll krank, da sind Menschen gestorben, verstehst du: Menschen.» Als ich in mir den Wunsch entstehen fühle, den Schülern mit dem dicken Manuskript auf den Kopf zu hauen, wechsele ich in die erste Klasse. Ob ich eher den Knaben oder den Mädchen auf den Kopf hauen wollte, verschweige ich hier, denn sonst kommen eines Tages noch Menschen in Kitteln an und sagen: Soso. Das erklärt manches.

Abgesehen von der meist geringeren Auslastung ist die größte Besonderheit der ersten Klasse gegenüber der zweiten, daß die Leute in der ersten einander wissend und belustigt anschauen, wenn der Zugbegleiter englische Durchsagen macht. Heute allerdings wird nicht über unvollkommenes Englisch geschmunzelt, heute wird ein Manuskript durchgeackert. Ich bin sehr gnädig mit dem Buch. Mir fallen zwar Stilblüten und falsche Konjunktive auf, aber die sind auch nicht schlimmer als die Konjunktive, die vor dem Lektorat in meinen Texten enthalten sind. Der Autor schreibt die Texte, dann kommt der Lektor und fügt mit würzender Absicht und Handbewegung Kommata sowie Konjunktive hinzu. So ist die Arbeitsteilung seit Snorri Sturluson. Ich bin jedoch kein Lektor, sondern nur freundschaftlicher Berater, deswegen setze ich den Korrekturstift sparsam ein. Einmal aber sehr energisch. Die Sätze «Dunkelbraune, etwas hochstehende Augen gucken Nicole mit zurückgehaltener Ungeduld an, das Weiß schimmert wie eben gespültes Porzellan. Auf den sonst frischen rötlichen Wangen steht noch die Blässe aus dem Halbschlaf» streiche ich mit autoritärer Frische durch und schreibe an den Rand «Triviale Beschreibungsroutine! Marlitt!» Und da ich nicht sicher bin, ob mein Freund Eugenie Marlitt, die talentvolle Autorin zaghaft frauenemanzipatorischer Gesellschaftsromane des 19. Jahrhunderts, überhaupt kennt, schreibe ich noch dazu: «Guck im Lexikon nach, wer das ist.»

In Würzburg empfangen mich Oliver und Adrian mit dem Mietwagen. In unserem Begrüßungshändedruck mitinbegriffen scheint ein unausgesprochenes Abkommen zu sein, daß wir einander nicht erzählen, wie furchtbar das alles ist in Amerika und ob jetzt wohl der dritte Weltkrieg kommt. Adrian sagt nur kurz, daß er niemanden kenne, der im World Trade Center arbeitet, und daß alle, die ihm nahestehen, am Leben sind, das habe er telephonisch in Erfahrung gebracht. Und ich dachte, telephonieren geht gar nicht. Geht aber wohl doch. Hiervon abgesehen reden wir nicht groß über das Thema, während wir durch Landschaften und Kleinstädte fahren, um schließlich im berühmten Dinkelsbühl abzusteigen, in einem Hotel von 1480, in dem schon Queen Victoria nächtigte und dessen Portier vor einer ausladenden Franz-Josef-Strauß-Fotografie amtiert. Abends ins Restaurant «Deutsches Haus», wo viele Menschen sitzen, die offenbar guter Laune sind, denn donnernde Lachsalven erfüllen regelmäßig den Raum.

Vorm Zubettgehen noch kurz TV; es wird der Eindruck erweckt, unser Land sei vollkommen in Pietät erstarrt. Die Diskrepanz zwischen diesem Bild und der Realität erinnert mich an das Fernsehen der DDR, das sich ja auch immer ganz dem Wunschdenken verpflichtet fühlte.

13. 9. 2001

Schweigen und Schreien

Um 10 Uhr ist staatlich verordnete Schweigeminute. Ich schweige auch wirklich, in erster Linie aber, weil keiner da ist, mit dem ich mich unterhalten könnte. Die Kollegen, auf die ich in der Hotelhalle warte, sind nämlich unpünktlich.

Adrian erzählt, daß sein Lebensgefährte ihn am Telephon angeschrien habe, daß er ihn in dieser schwierigen Situation alleine ließe und sinnlose Ausflüge durch Deutschland unternehme. Er solle sofort zurückfliegen. Der Einwand Adrians, daß das mit dem Fliegen zur Zeit nicht einfach sei, habe seinen Freund überhaupt nicht beeindruckt.

14. 9. 2001

De deepest hole

Heute geht's nach Windischeschenbach zum Kontinentalen Tiefbohrprogramm, auch bekannt als tiefstes Loch der Welt. Oliver hat dort einen Termin mit Dr. Schweidnitz gemacht. Ich sage: «Oliver, du, das ist ganz seriöse Wissenschaft und nicht etwa eine alberne Kuriosität für Reisebusse voll Omas wie die größte Kaffeekanne der Welt oder die älteste erhaltene Nudel nördlich des Main – müssen wir da unbedingt hin?» Geologie ist nämlich die einzige Naturwissenschaft, die mich überhaupt nicht interessiert. In der Zeitung lese ich den Wissenschaftsteil sogar lieber als das Feuilleton, aber mit Gesteinsschichten und sowas darf mir keiner kommen, den eine Verfinsterung meiner Gesichtszüge verunsichern könnte. Die Gesichtszüge von Geologen erhellen sich dagegen, wenn ihre Gesteinsschichten bei Ausdehnung oder sonstiger Bewegung knarren. Das ist für sie schöner als Mozart, und daher stellen sie das Geknarre als MP3-File ins Internet. Es gibt da regelrechte Gesteinsknarren-Soundfile-Tauschbörsen.

Als wir ankamen, waren gerade zwei Reisebusse voll munter tratschender Senioren gelandet. Was wollen *die* denn hier, fragte ich mich, man kann doch das Loch gar nicht sehen, sondern nur den Bohrturm, und der ist keineswegs ein Adonis. Außerdem gab es, wie wir gleich feststellen sollten, noch nicht mal eine Cafeteria. Das ist doch wirklich eine Frechheit: Omas in den Wald zu einem nicht sichtbaren Loch locken und dann keinen Kaffee und Kuchen haben. Das einzige, was es hier neben dem Bohrturm gab, war eine Toilette. Reicht denn als Zielangabe und Hauptattraktion eines Seniorenausflugs heute schon eine Toilette aus?

Projektleiter Dr. Schweidnitz nahm uns in Empfang. Oliver erklärte, er wolle etwas für die «FAZ» schreiben, allerdings nur für den Tourismusteil, also eine ganz kurze Führung würde reichen. Dr. Schweidnitz konnte aber nicht kurz. Er geleitete uns in ein enges, karges Zimmer, in dem er zu einem Vortrag anhob, und zwar auf Englisch unseres Gastes aus den USA wegen, der Sinologe und Jurist ist und sich für Steine überhaupt nicht interessiert. Doch Dr. Schweidnitz war der Ansicht, daß jemand, der von so weit her kommt, um ein Loch zu sehen, nichts anderes als ein Geologe sein könnte. Er riet Adrian auch immerfort, andere Geologen in den USA zu kontaktieren. «You must speak to Dr. Sondheim in Berkeley! He can give you more information.»

Daß wir nicht vom Fach waren, hatte Oliver eingangs deutlich gesagt, aber Dr. Schweidnitz hatte es offenbar nicht mitbekommen, und nun wagte keiner von uns, ihm zu sagen, daß wir eigentlich auch nur auf einer Art Kaffeefahrt waren und jetzt liebend gern weiterfahren würden. Schon Unterbrechungen durch Fragen liebte Dr. Schweidnitz gar nicht. Als Oliver sagte, er habe gehört, in Rußland gebe es ein noch tieferes Bohrloch, wurde er sogar leicht ungehalten und meinte: «The Russian bore is not a serious bore, because it is not straight, we are the deepest straight bore in the world!» Anderthalb Stunden waren wir nun dem knarrenden Nazi-Englisch des Wissenschaftlers ausgesetzt, d. h., er sprach gut Englisch, aber mit genau dem Akzent, den Nazis in alten amerikanischen Filmen sprechen. Sehr oft verwendete Dr. Schweidnitz das Wort «brittle», welches spröde bedeutet und aus seinem Munde tatsächlich besonders spröde klang.

Endlich ging es auf die Bohrplattform, wo wir mit Sturzhelmen auf dem Kopf ein mit donnerndem Disco-Funk unterlegtes Bohr-Video ansehen mußten.

Die Erleichterung, endlich wieder im Auto zu sitzen, schlug bei mir in Müdigkeit um, während sie bei den Herren auf den Vordersitzen in frivole Parodie mündete: «O Dr. Schweidnitz, your hole is a bit boring, do you have anadda hole? C'mon, as a man you must have anadda hole, please show me your adda hole, I'm sure it is de deppest straight bore in de world. Dr. Schweidnitz I must speak to Dr. Sondheim in Berkeley about your adda hole, because I tink it is a bit too brittle and not really serious.»

Da der Fahrer und sein Beisitzer beim Scherzen auf die Straße achteten und sich nicht umdrehten und sonst keiner zugegen war, ist nicht beobachtet worden, ob der Mann auf dem Rücksitz auf die fröhlichen Zoten von den Vordersitzen mit eisstarrer Miene oder mit wohlwollendem Schmunzeln reagierte.

15. 9. 2001
Adjektive und Eklats

Nach drei Tagen weitgehender Medienabstinenz kaufe ich mir doch mal eine Zeitung. Susan Sontag kritisiert neben manch anderem, daß sämtliche Kommentatoren die Anschläge als «feige» bezeichnen. Da hat sie natürlich recht. Schon Ladendiebstahl erfordert Mut. Wieviel Mut braucht es da erst, ein Flugzeug zu entführen und es gegen ein Gebäude zu steuern. Man kann froh sein, daß die meisten Menschen zu feige sind, um so etwas zu tun. Sicherlich gibt es für die Attentate bessere Dekorationsadjektive, wie zum Beispiel ruchlos oder schändlich, sogar anmaßend wäre treffender als feige. Es geht den Kommentatoren aber nicht um passende Adjektive, sondern um die Souveränität und Flüssigkeit ihres Vortrags. Um diese zu erlangen, sind in der Mediensprache viele Haupt- und Zeitwörter untrennbar an bestimmte Eigenschafts- und Umstandswörter gekettet. So wie Anschläge immer feige sind, werden etwa Unfälle grundsätzlich als tragisch bezeichnet, obwohl es mit Tragik, also einer Verwicklung ins Schicksal oder in gegensätzliche Wertesysteme, überhaupt nichts zu tun hat, wenn jemand gegen einen Baum fährt. Ein solcher Vorgang ist banal – mithin ganz und gar untragisch. Vielleicht werden die Unfälle deshalb als tragisch bezeichnet, weil das Wort so ähnlich wie traurig klingt, und traurig ist ein Unfall immerhin für die Freunde und Angehörigen des zu Schaden Gekommenen. «Traurig» ist den Medienleuten aber zu lasch, für sie ist Tragik wohl eine zackigere und grellere Form von Traurigkeit.

Genauso unpassend ist das Adjektiv, welches unvermeidbar auftaucht, wenn nach einem Erdbeben oder einem ähnlichen Unglück nach Überlebenden gesucht wird. Wie geht die Suche vor sich? Natürlich «fieberhaft». Dabei will man doch stark hoffen, daß es Fachleute und besonnene Helfer sind, die einigermaßen kühlen Kopfes und in Kenntnis der bergungslogistischen Notwendigkeiten die Menschen suchen, und nicht, daß da irgendwelche emotional aufgeweichten Gestalten wie im Fieberwahn in den Trümmern herumwühlen. Verzichten können die Medienleute auf Adjektive nicht, denn sie sind zur Erzielung eines vollmundigen Verlautbarungssingsangs notwendig. Könnte man aber nicht mal einen angemessenen Ausdruck benutzen? Ich glaube nicht. Wir werden niemals folgenden Satz im Radio hören:

«Nach Überlebenden wird fleißig gesucht.»

Dabei wäre «fleißig» inhaltlich wie stilistisch ideal. Es ist weder abgedroschen floskelhaft noch zu erlesen und hat daher nicht den geringsten ironischen Beiklang. Schriebe jedoch ein Journalist diesen Satz, so wäre es vollkommen sicher, daß sein Redakteur das passende Wort «fleißig» streichen und durch das vollkommen unpassende «fieberhaft» ersetzen würde.

Auf der gleichen Zeitungsseite, auf welcher der Artikel von Susan Sontag steht, wird von einem angeblichen Eklat berichtet, den der Komponist Karlheinz Stockhausen in Hamburg auslöste. Er hatte während einer Pressekonferenz die Anschläge auf das World Trade Center als ein großes Kunstwerk bezeichnet, bei dem fünftausend Menschen in die Auferstehung gejagt worden seien, und hinzugefügt, daß er als Komponist derartiges nicht vollbringen könne.

Die Kulturverwaltung reagierte darauf phantasielos verkrampft und sagte vier für Hamburg geplante Konzerte ab. Muß man bei einem Künstler, in dessen Schädel bekannterweise ein Hirn glüht aus der Kategorie «Das etwas andere Gehirn» und in dessen Werk das Feuer, ja sogar der Weltenbrand eine zentrale Rolle spielen, nun dermaßen bleiern geschockt tun, wenn er eine Sichtweise kundtut, die sich von derjenigen von Otto und Frieda Normalwurst ein bißchen unterscheidet? Wenn man es nicht aushält, daß Künstler eigene Meinungen vertreten, dann soll man ihnen eben keine Mikrophone unter die Nase halten, sondern sie in Ruhe ihre Arbeit machen lassen. Doch nichts bestraft das Establishment härter als ausbleibendes Gesülze.

Wenn ich Hamburger Kultursenator wäre, hätte ich Herrn Stockhausen zu einem kleinen Spaziergang eingeladen und ihm dabei folgendes gesagt: «Ja, lieber Herr Stockhausen, Sie sind ja von einer Zeit geprägt worden, in der erweiterte Begriffe modisch waren, da wurden gern so Sachen gesagt wie ‹Das Private ist politisch› oder ‹Jeder Mensch ist ein Künstler›, und insofern ist mir Ihr erweiterter Kunstbegriff durchaus verständlich, wenngleich ich selbst ein Anhänger der Einengung von Begriffen bin, denn wenn man sie zu sehr erweitert, verlieren sie ihre Bedeutung. Insgesamt war Ihre Einlassung aber ganz originell, obwohl: So originell war sie eigentlich doch nicht. Hat nicht schon Ernst Jünger 1944 in seinem Kriegstagebuch ‹Strahlungen› über die Bombardements in Paris geschrieben, die Stadt mit ihren roten Türmen und Kuppeln habe in gewaltiger Schönheit gelegen, gleich einem Blütenkelche, der zu tödlicher Befruchtung überflogen werde, und daß er, während er dies betrachtete, ein Glas Burgunder, in dem Erdbeeren schwammen, in der Hand hielt? Da regen sich die Leute jetzt noch drüber auf. Aber ich finde, alle 57 Jahre kann die Zivilisation eine Äußerung dieser Art verkraften, und wir werden Ihre vier Konzerte wie geplant zu Ihrer Zufriedenheit ausrichten. Wir werden die tollsten Säle der Stadt ausfegen und bohnern, und wir werden Ihnen hinter der Bühne ein abschließbares Künstlerklo installieren, denn es ist ja mit das Furchtbarste, was es überhaupt gibt, wenn der Künstler in der Pause zusammen mit dem Publikum in der Pissoirschlange stehen muß. Ich bitte Sie jedoch zu bedenken, daß jemand Ihres Ranges durch sein Werk leuchten sollte und nicht durch aufregende Interviewaussagen, und möchte Sie daher des weiteren ersuchen, wenn Ihnen das nächste Mal Mikrophone ins Gesicht ragen, zu prüfen, ob Sie dann nicht, statt zu sprechen, etwas singen oder besser noch summen könnten, Sie sind doch schließlich Musiker! So – jetzt muß ich zu meinem nächsten Termin. Auf Wiedersehen, Herr Stockhausen.»

Bedauerlicherweise hat sich Stockhausen für seine Äußerungen entschuldigt. Man entschuldigt sich, wenn man jemanden auf der Straße anrempelt oder im Zorn ungerechtfertigte Vorwürfe macht. Sagt man aber im Sonnenschein seiner persönlichen Autarkie etwas Freches oder Nonkonformistisches, das vielleicht mancherorts für Kopfschütteln sorgt, indessen niemandem schadet, dann ist es unangebracht, kleinlaute Zurechtrückungen nachzuschikken, nur weil man merkt, daß das, was man gesagt hat, das Auftragsbuch schmälert. Beispielhaft war hier das Verhalten von Fürstin Gloria von Thurn und Taxis. In einer Talkshow sagte sie vor einigen Monaten, die weite Verbreitung von Aids in Afrika liege daran, daß die Afrikaner so gern schnackselten. Am nächsten Tag war in den Trash-

Medien von einer «ungeheuerlichen Entgleisung» die Rede, für die sich die Fürstin entschuldigen müsse. Sie tat es nicht, und das war richtig. Bei wem hätte sie sich denn entschuldigen sollen? Etwa bei den Afrikanern? Mitternächtliche Interviewaussagen deutscher Adeliger sorgen in Afrika traditionell für so wenig Wirbel, daß man nicht falsch liegt, wenn man sagt, sie würden überhaupt nicht wahrgenommen. Afrikaexperten, seriöse zumindest, würden dies ohne viel Blättern in Nachschlagewerken bestätigen. Mit Zustimmung sparen würden die Experten hingegen, wenn man behauptet, Afrikaner würden überhaupt nicht gern schnackseln. Hätte die vermeintlich ungeheuerliche Entgleiserin sich dann eben bei den hierzulande lebenden Schwarzen entschuldigen sollen? Ebenso lächerlich. Als dunkelhäutiger Mensch in Deutschland wird man zu viele ernsthafte Probleme haben, um in ein Schock-Trauma zu verfallen, nur weil eine Fürstin im Fernsehen ihre ironischen fünf Minuten bekommt.

Die Fürstin hat sich vielleicht in der Gemütlichkeit einer entspannten Rederunde zu einem etwas zu familiären Ton hinreißen lassen. Man könnte von Flapsigkeit sprechen oder einer gelinden Frivolität, keineswegs jedoch von einer Entgleisung, gar einer ungeheuerlichen. Eine Entgleisung läge vielleicht vor, wenn der deutsche Außenminister die Queen mit «Na, du alte Zonenbraut?» ansprechen würde. Um sich aber eine Entgleisung auszumalen, für die das Wort ungeheuerlich nicht zu hoch gegriffen ist, muß man seinen Kopf schon mehr anstrengen. Wenn also der Außenminister in London landet und die Queen ihn komischerweise persönlich am Flughafen abholt, und der Außenminister auf halber Höhe der Gangway seine Hose öffnete und der ihm entgegeneilenden Queen ins Gesicht urinierte – *dann* wäre das Wort ungeheuerlich angemessen. Dann wäre in der Tat auch eine Bitte um Entschuldigung sinnvoll.

Seit der Papst sich bei der Menschheit für irgendwas von vor tausend Jahren entschuldigt hat, ist ein regelrechter historischer Entschuldigungswahn ausgebrochen. Man sieht dreißigjährige PDS-Damen, die sich stellvertretend für Leute, die sie a) nie kennengelernt haben, die b) schon tot sind und die sich c) nie selbst entschuldigt hätten, bei Leuten, die auch schon tot sind, für den Mauerbau entschuldigen. Anderen PDS-Leuten erscheint dies zu Recht bizarr. Sie beschränken sich auf die Aussage, daß der Mauerbau eine widerwärtige Schandtat gewesen ist. CDU-Typen schreien dann: «Wir wollen aber eine richtige Entschuldigung!» Mit gleicher Logik könnte man von mir verlangen, daß ich mich im Namen der Menschheit bei der Tierwelt für die Ausrottung der Dronte (des Dodo) entschuldige.

16. 9. 2001

Quorn

Gestern abend hat unsere kleine Reisegruppe in der Regensburger Traditionsgaststätte «Kneitinger» Abschied gefeiert. Adrian, der in den letzten Tagen m. E. etwas zu auffällig darum bemüht war, auf die Nachrichten aus seinem Wohnort gelassen, «unamerikanisch» oder «unhysterisch» zu reagieren, war besonders ausgelassen. Als ich ihm seine Schlachteplatte erkläre und sage: «This *wurst* is called Bierschinken and this *wurst* is also called Bierschinken», lacht er zehn Minuten lang. So komisch war das doch gar nicht. Die beiden Wurstsorten ähnelten einander wirklich sehr, warum sollten die unterschiedlich heißen? Man weiß nicht, wie es im Herzen des New Yorkers aussieht.

Heute Lesung in Luzern. Im Restaurant bestelle ich Hase, auf der Speisekarte französisch «Lapin» genannt. Nach kurzer Zeit kehrt die Kellnerin zurück und sagt: «Der Lapin ist fertig.» Normalerweise würde ich auf diese Auskunft entgegnen: «Ja, wenn der Lapin fertig ist, dann bringen Sie ihn doch her.» Aber die Frau schaut so bedauernd, daß klar ist, sie muß etwas anderes meinen.

D: Der Hase ist alle.
A: Der Hase ist aus.
CH: Der Hase ist fertig.

Alle drei Sätze sagen aus, daß kein Hase mehr zu haben ist. Statt seiner nehme ich *Quorn*-Stäbchen. Deutsche essen nur selten *Quorn*. Es gibt *Quorn* in England und der Schweiz, nicht aber in Deutschland, weil unsere Lebensmittelbehörden *Quorn* nicht zugelassen haben. Es ist ein eiweißreiches vegetarisches Nährmittel wie Tofu, nur eben nicht aus Soja, sondern auf Basis eines Schimmelpilzes, und wenn die Herrschaften vom Food Engineering ausreichend am *Quorn* herumschrauben, gelingt es ihnen, ihm eine Faserigkeit zu verleihen, die Menschen mit schlechtem sensorischen Gedächtnis an Geflügelfleisch erinnert. Anders als Tofu wird *Quorn* von Veganern bekämpft, weil Hühnereiweiß vonnöten ist, um ihn kompakt zu kriegen. Mit Tofu gemein hat der *Quorn*, daß er von der Vollwertküche abgelehnt wird, da er zu stark industriell bearbeitet ist. Ein tolles Lebensmittel – in der Szene umstritten und vom Staat mit Argusaugen betrachtet. Ich werde mir im Supermarkt *Quorn*-Hot Dogs kaufen und die Heimreise mit dem Bewußtsein eines *Quorn*-Schmugglers antreten. Aufregend schmeckt *Quorn* nicht, eher artig, aber wann hat man schon ein fleischloses Lebensmittel, dem die Aura des Verbotenen anhaftet? Einst gab es Absinth und Laudanum, heute gibt es *Quorn*.

Ich gehe vorsichtig durch Luzern, denn hier bin ich verunglückt. Vor anderthalb Jahren strauchelte ich beim hiesigen Comic-Festival über einen unbeleuchteten Bordstein und mußte mich sechs Wochen mit einer Bänderzerrung plagen. Ich trug Maßschuhe, die ersten und vermutlich letzten meines Lebens. Über Jahre hatte ich mir erläutern lassen, daß maßgefertigte Schuhe unvergleichlich bequem seien und zwanzig Jahre halten, auch die Kosten wegen der langen Lebensdauer und orthopädischen Vorteile vertretbar seien. Endlich ließ ich mir welche machen. Das Comic-Festival war der erste Anlaß, zu dem ich sie trug. Hier läßt sich das Wort «tragisch» einmal wirklich korrekt einsetzen: Etwas Schlechtes geschah als Folge einer guten Absicht. Ich bin mir sicher, die Fußmalaise wäre mir erspart geblieben, wenn ich nachgiebigere und weniger schwere Schuhe getragen hätte.

Den Herrn von der «Schuhmanufactur» traf ich später auf der Straße. Ich berichtete ihm von dem Luzerner Vorfall und daß ich seine schönen Schuhe seither nicht mehr getragen hätte. Er entschuldigte sich wortreich und ohne Grund, denn die Schuhe waren handwerklich gut gearbeitet.

Nicht nur auf der politischen Bühne hört man zuviele Entschuldigungen. Viele sind sich der vermeintlichen Möglichkeit, mit ein paar dahingesagten Worten des Bedauerns Schlechtes ungeschehen zu machen, zu sehr bewußt und scheinen zu denken, etwas falsch zu machen und sich hinterher dafür zu entschuldigen sei letzten Endes genauso gut, wie etwas gleich richtig zu machen. Man sieht solche Fälle im Gerichts-TV: Jemand hat z. B. durch Autofahren unter Drogeneinfluß einen anderen so sehr geschädigt, daß er im Rollstuhl sitzen muß. Im Gerichtssaal hört man den Täter rufen: «Aber ich habe mich doch entschuldigt! Was soll ich denn noch alles machen?»

Gelegentlich wird darauf hingewiesen, daß man sich gar nicht selbst entschuldigen, sondern nur um Entschuldigung *bitten* könne. Das ist wohl richtig, bei kleineren Verfehlungen jedoch, wenn man jemandem ins Wort gefallen ist etwa, braucht man diesen feinen Unterschied nicht zu machen. Eine schöne Differenzierungsmöglichkeit bietet das bei uns neue Wort «Sorry». Bislang stand uns, ganz gleich ob wir jemandes Ehe ruiniert oder uns telephonisch verwählt haben, nur das Wort «Entschuldigung» zur Verfügung. Wenn man bei jemandem zu Abend ißt und eine Käsescheibe gleitet auf dem Weg von der Käseplatte zum Teller von der Gabel, ist es doch eigentlich etwas übertrieben, darauf mit einem Wort zu reagieren, das den moralischen Begriff «Schuld» enthält. «Sorry» ist da besser, denn es entbehrt der semantischen Aufdringlichkeit seiner deutschen Entsprechung.

29. 9. 2001

Konversation bei Tisch und im Stehen

Bei durch mehrere Länder gehenden Konzertreisen nennt man die einzelnen Etappen auf englisch «Beine». «The European leg of the Destiny's child world tour has been cancelled due to terrorism.» Heute findet das Berliner Bein des sechzigsten Geburtstages von Eckard Henscheid statt. Es gibt auch Frankfurter und Amberger Beine, doch ich bin dankenswerterweise zum Berliner Bein eingeladen. Warum, weiß ich eigentlich nicht. Daß der knorrige Schriftsteller seit einiger Zeit mit einem gewissen Wohlwollen zur Kenntnis nimmt, was ich so vollbringe, hat er mir selbst in einer hoffentlich nicht sinnesgetrübten Stunde mitgeteilt, doch ich bin im Grunde kein großer Henscheid-Leser, und zwar deshalb, weil ich auch sonst kein großer Leser bin. Da ich aber weiß, daß Eckard Henscheid ein Mann von unverwechselbarem Stil ist, vermutlich gar in engem Sinne ein Genie, vor dessen Bildung man in den Staub sinken muß, fühle ich mich sehr geehrt, daß er Wert auf meine Anwesenheit legt. Zur Begrüßung sagt er, er habe da gerade mal wieder was von mir gelesen, alles schön und gut, aber daß Maria eine Schlampe sei, das ginge wirklich zu weit, und ehe ich nachfragen kann, welche Textstelle er denn im Sinn habe, hat er sich schon dem nächsten Gast zugewandt. Welche Maria hat er wohl gemeint? Maria Schlenz, die große Badetherapeutin? Mariah Carey? Über deren Rummelplatz-Look habe ich mich aber nie geäußert. Ich bin eine ganze Weile abgelenkt. Erst viel später, beim zweiten Gang etwa, fällt mir ein, daß ich vor Jahren mal beschrieben habe, wie die Muttergottes einem Ungläubigen erschien, der sie als «Chefschreckschraube des Christentums» beschimpfte, aber natürlich nicht im Stil theologisch ernsthafter Marienkritik, sondern nur der drastischen Formulierung zuliebe. Ob es Marienkritik überhaupt gibt? Wenn ja, wie klingt die? Maria hätte länger stillen sollen? Maria sollte nicht immer kleinen Mädchen erscheinen, so daß noch hundert Jahre später alte Menschen ihre Rente für strapaziöse Busfahrten verpulvern? Hab ich noch nie gesehen, einen Typ in einer Talkshow, unter dessen Kopf eingeblendet wird: Olaf Soundso, Marienkritiker. (Von Uta Ranke-Heinemann habe ich natürlich durchaus schon gehört.)

Glücklicherweise gibt es eine Sitzordnung. Das ist sinnvoll, denn bei freier Sitzplatzwahl kann es geschehen, daß es zu Handgemengen, Anbrüllungen und Drohgebärden mit Messern kommt, weil alle neben dem Jubilar sitzen wollen, oder aber, was angesichts der sittlichen Hochkarätigkeit der hier versammelten Menschen wahrscheinlicher ist, daß sich niemand für wertvoll genug hält, an der Seite einer solchen Autoritätspersönlichkeit zu sitzen, und daher niemals mit dem Essen begonnen werden kann. Ich habe Glück mit der Sitzordnung, denn ich kenne all die Herrschaften an meinem Tisch, bis auf eine Dame, die sich aber als die charmante Gattin des Zeichners F. W. Bernstein entpuppt, der ans andere Ende des Raumes plaziert wurde, da man Paare, nach alter Väter Art, getrennt hat. Gesprächsthemen an unserem Tisch: die Beheizbarkeit historischer römischer Militärschlafsäle, der 11. 9., der Film «Die fabelhafte Welt der Amélie», Wehrdienstverweigerung sowie das Auswendiglernen von Gedichten – daß man das unbedingt wieder mehr betreiben müsse. Etwas, was ich beisteuere, ist das Zweikomponentenrezept, also Speisen, die nur aus zwei Zutaten bestehen wie das Butterbrot, welches ja gerade eine große Renaissance erlebt. Ich erwähne, daß man geraspelten Knollensellerie sehr gut mit gesalzenen Erdnußkernen vermischen kann, wovon keiner meiner Tischgenossen je gehört hat, was mich aber nicht erstaunt, da ich diese Speise selber erfunden habe. Dies allerdings erstaunt mich sehr wohl, denn die beiden Komponenten harmonieren dermaßen toll, daß eigentlich schon vor mir einer auf die Idee hätte kommen müssen, weswegen es mich überhaupt nicht erstaunte, wenn bekannt gegeben würde, eine Hausfrau in Milwaukee hätte 1964 auch schon mal Knollensellerie mit Erdnüssen in kulinarischen Einklang gebracht. Jeder Themensprung wird dankbar mitgemacht, Stillevermeidung um jeden Preis, Konversation auf jeden Fall, auch unter so gebildeten Leuten.

In meiner Jugend bin ich in Gesprächsrunden mit Intellektuellen oder auch nur Berufstätigen meist in Schweigsamkeit erstarrt, weil ich dachte, mit meinem bißchen Lebenserfahrung könnte ich niemanden bereichern. Andererseits fürchtete ich durch mein mundfaules Herumsitzen wie jemand zu wirken, dem nichts zu entlocken ist, weil er ein Leben führt, das arm an inneren und äußeren Ereignissen ist. Diese Befürchtung erscheint mir heute unsinnig; jetzt finde ich es vielmehr reizvoll, wenn junge Menschen ihren Rand halten, statt einem eine Chronik ihrer Disco-Besuche aufzutischen oder was da sonst noch rein theoretisch sein könnte.

Jugend hat gut zuzuhören und gut auszusehen, am besten beides auf einmal, und falls nur eins von beiden möglich sein sollte, ist das auch nicht zu bemäkeln. Dies ist der

Zweck der Jugend, und wenn jetzt jemand aufsteht und sagt, man könnte den Zweck der Jugend auch in etwas weniger dürren Worten beschreiben, dann sag ich: «Ja, natürlich könnte man das, aber so ein strenges Sätzchen, auf den Tisch geknallt wie Räuberfraß im Kinderheim, hat doch auch seinen Charme in ansonsten rosiger Umgebung.»

Der Film «Die fabelhafte Welt der Amélie» wird übrigens von meiner Tischgemeinschaft intensiv und einhellig verabscheut. Mein Gegenüber, dessen Filmkritiken renommiert genug sind, um schon als Buch erschienen zu sein, gerät so sehr in Rage, daß er meint, der Film sei eine Schande für die französische Filmindustrie. Da ich nicht mehr zwanzig bin und daher selbstbewußt genug, auch Magnifizenzen an die Amtskette zu speien oder, zurückhaltender gesagt: zu pusten, sag ich, daß das ja wohl ein bißchen übertrieben sei. *Zwar* hat mich der Film gelangweilt, aber nicht so sehr wie die von Wim Wenders. *Zwar* ging mir das Gesicht der Hauptdarstellerin auf die Nerven, aber nicht so sehr wie das von Friedrich Merz, besonders wenn er in Diskussionen das Kinn auf die Brust preßt, sobald er jemandem von einer anderen Partei zuhören muß. Als ob er dem gleich eine reinhauen will. *Zwar* hat mich gestört, daß die Bilder von Michael Sowa in diesem knallhart kalkulierten Skurrilitätsoverkill verwurstet wurden, aber hoffentlich hat er einen Haufen Geld dafür gekriegt. *Zwar* kam ich mir vor wie in einem endlosen Werbespot, aber für was wurde eigentlich geworben? Na, vielleicht für ein buntes Leben voller kleiner Geheimnisse, aber ich finde ein Leben, das bunt ist und voll kleiner Geheimnisse steckt, ja direkt übel nicht. *Zwar* stoße ich mich daran, daß der Film so penetrant auf eine Zielgruppe hin konstruiert ist, aber ich wüßte gar nicht, wie die Zielgruppe heißt. Wie heißt denn in der Werbewirtschaft diese recht große Gruppe derer, die sich meterhoch über dem Massengeschmack wähnen, wo es sich doch in Wahrheit nur um Millimeter handelt, also Leute, die die «Bild-Zeitung» zwar ablehnen, aber mit «Stern» und «Spiegel» schon zufrieden sind? Frau Professor Bernstein meint, wie die Werbewirtschaft dazu sage, wisse sie *zwar* nicht, aber sie würde diese Leute «Dr. Lieschen Müller» nennen.

Nach den Ansprachen und dem Essen darf man sich erheben und im Raum umhergehen, um nun auch Tischfremden gesprächsmäßig zu Leibe zu rücken. Ich frage die Frau von Herrn Henscheid, Frau Henscheid also, etwas, das mich seit langem interessiert: wie sie das denn mit ihren drei Wohnsitzen auf die Reihe kriegen. Seit Jahrzehnten schon unterhält das Ehepaar Henscheid Wohnsitze in Frankfurt, Amberg und Arosa. Ob das ständige Mini-Umziehen nicht kräftezehrend ist? Selbst David Bowie, der in den achtziger Jahren sieben Wohnsitze gleichzeitig unterhielt, soll sich nunmehr auf New York und Lausanne beschränken. Das ist ja auch eine schwierige Situation: Man ist in New York und zieht sich seine grüne Hose an und denkt: Ei, zu der Hose möchte ich gerne meinen grünen Pulli anziehen und mit dieser Kombination die Augen meiner Freunde in meiner Lieblingsgaststätte zu respektvollem Aufglühen bringen. Doch der Pulli ist in L. A. Muß man bei einem Freund dort anrufen und sagen: «Am zweiten Fenster links von der Eingangstür ist ein Vogelhäuschen angebracht, in welchem ein Meisenknödel hängt, und im Herzen dieses Meisenknödels ist der Hausschlüssel eingebettet, den mußt du da rauspulen.» Mit vom Meisenknödel fettigen Fingern wird der Freund nun alle Schränke durchwühlen und den Pulli mit Luftfracht nach New York schicken.

Frau Henscheid entgegnet, so schlimm sei ein solcher Lebensstil gar nicht. Man müsse bloß alles dreimal kaufen. Sie und ihr Mann besitzen halt drei Radios, drei Schreibmaschinen und drei Tauchsieder. «Tauchsieder?» rufe ich, «ich dachte, die Dinger sind schon ausgestorben!» «O nein», meint Frau Henscheid, «die sind ganz wunderbar, wenn man sich mal einen Tee oder eine Suppe kochen will.» Tolle Vorstellung: Der berühmte Schriftsteller und seine Gattin sitzen im Jetset-Wintersportort Arosa und machen sich was zu essen mit einem Tauchsieder.

Drei Wohnsitze machen sich als Abschluß eines Kurzbiogramms immer sehr weltläufig. Aber es muß die richtige Kombination sein! Von dem Satz «Lebt und arbeitet in Essen, Bochum und Dortmund» geht kein großes Schillern aus. Die Aufzählung der Wohnorte sollte EINE karrierewirksame Großstadt enthalten, EINEN Ort, der für Erdnähe und Heimatverwurzelung steht, und dann noch etwas Exquisites, wo man eine nicht ganz billige Sonnenbrille zu schätzen weiß. «Lebt und arbeitet in München, Winsen an der Luhe und St. Tropez» wäre demnach ganz gut.

Noch beeindruckender als drei Wohnsitze und drei Tauchsieder zu haben ist es, in puncto Rechtsbeistand und Gesundheitsfürsorge mit Pluralen rauschen zu können. Als ich einmal aus einer Wohnung ausgezogen war und die Hausverwaltung meinte, ich solle die Farbkleckse vom Fußboden entfernen, und ich sagte, der Fußboden sei fünfzig Jahre alt und müsse sowieso erneuert werden, worauf die Hausverwaltung keifte, nö, Farbkleckse entfernen! und sich die leidige Geschichte über Monate und Monate hinzog, sagte ich schließlich am Telephon: Ich werde diese Sache wohl meinen Anwälten übergeben müssen, obwohl ich zu dem Zeitpunkt überhaupt keinen Anwalt kannte. Doch der Plural wirkte Wunder, die Hausverwaltung wurde klein mit Hut. Auch bei Ärzten ist die Mehrzahl chic. Wenn einer sagt: «Ich muß zum Arzt», dann denkt man: Na, der hat ja wohl die Krätze. Wer aber spricht: «Ich muß jetzt mal die Meinung meiner Ärzte einholen», der wird bestaunt als Mann von Rang und Seidenleibchen. Und wenn man dann gefragt wird: «Na, wirst du wohl am Sonntag mit mir zum Wildschweingehege spazieren?», kann man schön antworten: «Das ist sehr lieb von dir, aber sonntags spiele ich immer mit meinen Anwälten UND meinen Ärzten Golf UND Polo in Biarritz UND Baden-Baden.»

30. 9. 2001

Versprecher verjagt Ärger

Beim Frühstück ärgere ich mich nicht zum ersten Mal über meine neue Teekanne, welche aus der Werkstatt der legendären Keramikerin Hedwig Bollhagen stammt, die vor kurzem hochbetagt gestorben ist. Von ihr ist ein schöner Ausspruch überliefert: «Eine Tasse muß sich benehmen können.» Für ihre Kannen allerdings gilt offenbar ein weniger strenger Verhaltenskodex. Mein Exemplar kann sich jedenfalls überhaupt nicht benehmen. Das Eingießen hört sich an wie Frau auf dem Klo, spritzen tut's aber wie Mann auf dem Klo. Worst of both worlds, würde man andernorts sagen.

Als ich den mißlichen Umstand neulich gegenüber einem Teekenner erwähnte, meinte der, ich hätte im Laden selbstverständlich eine Gießprobe vornehmen müssen.

Mein Ärger löst sich in Luft auf, als ich höre, wie der Sprecher von Info-Radio einen überaus charmanten Versprecher gebiert. Er möchte offenbar ein Gespräch mit dem ehemaligen Außenminister Klaus Kinkel ankündigen, sagt stattdessen aber: «mit dem ehemaligen Außenminister Klaus Kinski». Er bemerkt seinen Lapsus auch gar nicht. Auf diese Weise hat er mir einen mindestens zehn Minuten langen Ausflug in die Welt der Phantasie geschenkt.

15. 10. 2001

Damenbesuch

Schockschwerenot! Da sitzt ja schon wieder eine umstrittene Sozialpädagogin in meiner Küche. Aber was heißt hier «schon wieder»? Ich möchte daran erinnern, daß in meiner Küche nie zuvor eine umstrittene Sozialpädagogin gesessen hat. Wer ist die freundliche Dame, die gerade ölige Antipasti auf einem Teller anrichtet? Es ist Katharina Rutschky. Sie trägt sich mit dem Gedanken, ein Benimmbuch zu schreiben, und da ich ihr gegenüber einmal erwähnt habe, daß ich solche Bücher ganz interessant finde, hat sie mich aufgesucht, um mit mir in geistigen Austausch zu treten.

Meine ersten Begegnungen mit «Ratgebern für guten Ton» hatte ich etwa 1970, als sie mir in den Regalen von Verwandten oder in der Stadtbücherei auffielen. Ich fand diese Bücher komisch, da sie altmodische Illustrationen, Fotos merkwürdig angezogener Leute und absurde Ratschläge enthielten wie den, daß man beim Toilettengang die Spülung *vorher* bedienen soll, um eventuelle Körpergeräusche zu übertönen. In den achtziger Jahren habe ich mir dann auf Flohmärkten eine kleine Sammlung solcher Werke zusammengekauft, die, genau wie die meisten heutigen, von adeligen Damen verfaßt waren. Frau Rutschky und ich sind uns einig, daß diese Bücher nutzlos und eher lächerlich als komisch sind, da sie aus einer Art gesellschaftshierarchischer Sicht geschrieben sind, d. h. demjenigen, der in bessere Kreise aufsteigen möchte, vermeiden helfen sollen, anzuecken. Man steigt aber normalerweise nicht auf. Man kommt einfach zu selten in die Verlegenheit, mit Gräfinnen Hummer zu essen oder Bischöfen zuzuprosten, als daß sich die Anschaffung dieser Bücher lohnte.

Sollte man doch einmal mit einem Bischof Wein trinken, wird dieser sicher wissen, daß man das nicht jeden Tag macht, und daher huldvoll über eventuelle technische Fehler hinwegsehen, statt beleidigt zu fragen, ob man sich denn nicht vorher hätte informieren können, wie man das macht: Bischöfen zuprosten. Das Interessanteste am Hummeressen ist wiederum das gemeinsame Gekicher über die eigene Ungeschicklichkeit. Leute, die *wissen*, wie man Hummer ißt, sind mit Argwohn zu genießen, denn wer so was weiß, ißt womöglich regelmäßig Hummer, und was mögen das für Gestalten sein, die immerfort Hummer verspeisen?

Wichtiger wäre es, Regeln darüber zu verbreiten, wie man sich ohne karrieristische Hintergedanken gegenüber den Menschen des eigenen Milieus verhält. Wie man jemanden etwas fragt, ohne ihn auszufragen, wie man kritisiert, ohne zu schmähen, und ob man genervt sein darf, wenn einem in der U-Bahn der Sitznachbar in die Zeitung schaut – alles Angelegenheiten, bei denen Beratung nicht schaden kann.

Frau Rutschky möchte ein Benimmbuch für Jugendliche schreiben. Das ist sinnvoll, denn als Jugendlicher – ich erinnere mich blendend – weiß man ja manchmal überhaupt nicht, was man sagen oder machen soll.

16. 10. 2001

Innerliches Listenführen

Frau Rutschky hat mir zwei aktuellere Benimmbücher dagelassen, eines von Sibyl Gräfin Schönfeldt und ein anderes von Gloria von Thurn und Taxis und ihrer Freundin Alessandra Borghese. Ich lese darin. Schön ist es, wenn die Damen sich uneinig sind. Gräfin Schönfeldt ist der Auffassung, daß man ein Weinglas unbedingt am Stiel anfassen müsse, da sich sein Inhalt anderenfalls geschmacksschädigend erwärme; Fürstin Gloria verlautbart hingegen, daß es in ihren Kreisen, entgegen weitverbreiteter Vorstellungen, durchaus üblich sei, das Glas an der Coppa anzufassen. In meinen Kreisen ist das ebenfalls Sitte, denn dort wird dem Wein gar keine Gelegenheit gegeben, sich unnötig mit Wärme aufzuladen.

Interessant ist Fürstin Glorias Liste «Was man nicht sagt». Daß man z. B. keine Ausdrücke wie «Lebensabschnittsbegleiter» benutzen sollte, ist sonnenklar; solche ausgenudelten Alt-Sarkasmen sind wirklich Respektdämpfer. Die Fürstin läßt auch wissen, daß man in ihren Kreisen nicht «Guten Appetit» sage. Das scheint ihr sehr wichtig zu sein, denn sie erwähnt es noch an drei weiteren Stellen im Buch. Auch im gehobenen Bürgertum ist diese Floskel verpönt, weil man darin eine Aufforderung sieht, möglichst viel in sich hineinzustopfen. Unter 95% aller Deutschen ist es aber üblich, «Guten Appetit» zu sagen, und meines Erachtens besteht kein Grund, das zu beanstanden. Jemandem einen guten Appetit zu wünschen drückt lediglich die Hoffnung aus, daß der Angesprochene frei von Sorgen und gesundheitlichen Beeinträchtigungen sein möge, die ihn daran hindern, bei Tisch freudig zuzulangen.

Viele führen innerlich eine Liste mit Wörtern und Ausdrücken, die sie nicht mögen. Doch, «innerliches Listenführen» – das existiert. Es gibt zum Beispiel Leute, die es ganz unmöglich finden, Sätze mit «ansonsten» oder «insofern» zu beginnen. Ich teile diese Auffassung nicht, aber es tut wohl, daß es überhaupt Menschen gibt, die sich über die Sprache wertende Gedanken machen. Man sollte allerdings in der Lage sein, seine Abneigungen zu begründen, sonst muß man sich eines Tages noch mit Sprachkritikern auseinandersetzen, die sagen, man dürfe nicht «Sofakissen» oder «Haferflocke» sagen.

Auf innerlichen Listen lassen sich auch Streichungen durchführen. Ich erinnere mich, daß ich es vor zwanzig Jahren falsch fand, vom Ausbruch eines Krieges zu sprechen, weil Kriege keine Vulkane seien, sondern von Politikern gemacht würden. Diesen Einwand würde ich heute unter Jugendbesserwisserei abbuchen, durch deren hohle Logik nicht Menschenliebe, sondern eine schlechte Kopie davon scheint.

Bei mir gibt es zwei Kategorien sprachlicher Abneigung. Die eine enthält Ausdrücke, die ich nie benutzen würde, die andere solche, von denen ich meine, daß auch andere sie nicht benutzen sollten. Zur ersten Gruppe gehören z. B. «aus dem Nähkästchen plaudern», «sich outen als», «frikkeln», «Dampfplauderer», «Berufsjugendlicher», «Werbefuzzi» oder «das ist ein echter Hingucker». Ich rede nicht so, aber wer's mag ...

Etwas strenger bin ich bei der Liste, der unter dem Datum von morgen ihre Innerlichkeit abhanden kommen wird.

17. 10. 2001

Was man nicht sagt

Lohnenswert: Dieses sprachliche Ungeziefer, entstanden durch Kreuzung von «lohnend» mit «lobenswert», hat sich erst in den letzten Jahren ausgebreitet. In Reiseführern ist von «lohnenswerten Abstechern» die Rede, in Computerblättern von «lohnenswerten Updates». Man könnte zwar sagen: «Lohnenswert, das ist halt, wenn etwas gut genug ist, daß man dafür lohnt, also Geld bezahlt», aber das Wort wird immer im Sinne von «lohnend» benutzt. Es ist ein typisches Blähwort.

Blähwörter: Wenn jemand ständig «Fragestellung» statt «Frage» sagt, «Thematik» statt «Thema», «Technologie» statt «Technik», dann gibt er sich als Freund des Blähworts zu erkennen. In diese Gruppe gehören auch «sich hinstellen und sagen» statt «sagen» sowie «Ich bin ein Mensch/Ich bin jemand, der gerne dies und das tut» statt «Ich tue gern dies und das» («Ich bin kein Mensch, der sich hinstellt und sagt, die Küche brauch ich nicht zu wischen, die wird schon von alleine sauber» – ein echtes Zitat).

Witzig: «Wir haben Thematiken gesucht, die ein bissel witzig sind», sagte Margot Werner im Fernsehen bei der Präsentation ihrer neuen CD. «Witzig» ist eine Art Frauenwort geworden. Die Damen kaufen gern in witzigen Boutiquen winzige T-Shirts und entdecken in witzigen kleinen Seitenstraßen witzige Friseure mit witzigen Ideen. Habe ich eben geschrieben, die Damen würden winzige T-Shirts kaufen? Sorry: Sie kaufen natürlich witzige T-Shirts. Zur Beurteilung von humoristischen Filmen etc. läßt sich das Wort nicht mehr heranziehen, da würde es outsiderhaft wirken. Man sagt «lustig» oder «komisch».

Ficken: Was man hinter verschlossener Tür sagt, um sich und andere in Ekstase zu bringen, steht hier nicht zur Debatte. Der Mensch ist da ja bemerkenswert genügsam. Hat jedoch einmal jemand gezählt, wieviele Fernsehfilme und Theaterstücke in den neunziger Jahren hergestellt wurden, in denen offenbar auf keinen Fall darauf verzichtet werden konnte, daß eine Frau herumlief und dabei schreiend Sätze äußerte, in denen das Wort «ficken» vorkam? Immer schreien, immer Frau, immer ficken. Auf der anderen Seite gab es in diesem Jahr zwei Popsongs der Gruppen «Sofaplanet» und «Die Prinzen», die das Wort «ficken» enthielten. Beider Formationen Zielgruppe sind Kinder und jüngere Jugendliche. Ich empfehle eine Vermeidung des Wortes im öffentlichen Raum aufgrund seines zur Zeit unklaren Status zwischen verstaubtem Theaterschockertum und Schülerjargon. Die Aussage übrigens, «die Leute» würden nun einmal so reden, zeugt von einem Poesiemangel, der unter den Neonröhren von New-Wave-Lokalen einmal berechtigt gewesen sein mag. Heute jedoch sitzt man längst wieder in der Gartenlaube und lechzt nach Romantik.

Pseudointellektuell: Daß es Kunstwerke gibt, die nur vorgeben, auf intellektueller Anstrengung zu basieren, läßt sich schlecht bezweifeln. Das Wort «pseudointellektuell» ist aber generell antiintellektuell gemeint, d. h., es wird von Leuten benutzt, die gar nicht in der Lage sind, zwischen einer echten und einer vermeintlichen intellektuellen Leistung zu unterscheiden. Intellektuellenfeindlichkeit aber ist, da hat mir Frau Rutschky gestern im Gespräch zögernd beigepflichtet, hierzulande und heutzutage eine Schwundstufe von Antisemitismus.

In die gleiche Kerbe schlägt der Vorwurf *Gymnasiastenmusik,* den wohl jeder schon gehört hat, der in Rock und

Pop nicht ausschließlich zum Abreagieren von Frust, zum Haareschütteln und Geldverdienen tätig ist. Einen Künstler oder sein Publikum zu schmähen, indem man ihnen den Besuch einer Schule vorwirft, ist schon sehr sozialneidisch und in seiner dumpfen Absicht «typisch deutsch». Nicht besser, aber immerhin gerechter wäre es, wenn man bei jeder Musik die Schulbildung dazusagte, wenn man also auch von Hauptschülermusik spräche, die man als sehr radiodominant bezeichnen könnte, vorausgesetzt, man akzeptiert den schlechten Begriff vorübergehend als Ausgangspunkt einer gedanklichen Spielerei.

Gutmensch: Die Kritik an denen, die es mit der political correctness übertrieben haben, war berechtigt, und diejenigen, die das Wort «Gutmensch» prägten, sind keine schlechten Menschen. Der Begriff ist inzwischen aber in der rechten Ecke angelangt, wo er zum Diskreditieren jeder emanzipatorischen Bewegung, jeder Form von «Weltverbesserung» verwendet wird.

Zunehmend: Über Anglizismen wird viel gemault. Dumm daran ist, daß man zwei verschiedene Erscheinungen so nennt. Einmal unübersetzt aus dem Englischen übernommene Ausdrücke, zum andern Lehnübersetzungen. Es wäre besser, wenn man Begriffe wie E-Commerce oder health care als englische Fremdwörter bezeichnete und das Wort Anglizismus auf Entlehnungen wie «Sinn machen» «einmal mehr» oder «nicht wirklich» beschränkte. Fremdwörter sind häufig eine willkommene Sprachwürze. Als ich gestern am Telephon von jemandem gefragt wurde, wie mir sei, erwiderte ich «slightly uneasy», weil es mir eben würzig vorkam, so zu sprechen. Ärgerlich ist nur, wenn Leute aus dem Computer- oder Werbewesen auch nach Arbeitsschluß mit ihrem Sprachgemisch fortfahren, unfreundlich ist es, das Kauderwelsch gegenüber Menschen anzuwenden, bei denen Englischkenntnisse nicht vorauszusetzen sind. Störender als die englischen Sprachbrocken finde ich jedoch eine marottenhafte Verwendung bestimmter Übersetzungen, wie z. B. «zunehmend»: «Der Markt wird zunehmend enger.» Sätze mit «zunehmend» hört man jeden Tag zu Hunderten, und es stellt keinen Trost dar, daß diese Sätze in ihrer Ursprungssprache genauso albern sind: «The world is getting increasingly smaller.» (Wer so etwas nicht hören will, muß CNN meiden und sich BBC ansehen.) Ganz stark im Kommen ist zur Zeit «Wie fühlt sich das an?» («How does it feel?»). «Wie fühlt sich das an, Mitglied der erfolgreichsten deutschen Girl Group zu sein?» Als ob die Mitgliedschaft in einer Band ein Stück Kaninchenfell wäre.

Und: «There's something very cynical about the rock business.» Die Masche, alles, was unverhohlen gewinnorientiert ist, als zynisch zu bezeichnen, ist auch ein Anglizismus. «Cynical» ist, wo keine «spirituality» drin ist. Ah, endlich kommt es auch bei mir mal vor: «spirituality» – *das* führende Rockstar-Interview-Wort.

Jungs und Mädels: Moderatoren von Musikkanälen sollten zur Kenntnis nehmen, daß Leute, die in einer Band spielen oder singen, berufstätig sind und Musiker, Musikerinnen, Sänger oder Sängerinnen genannt zu werden verdienen und nicht «Jungs» und «Mädels».

Studierende: Menschen, die an einer Universität einem Studium nachgehen, heißen Studenten. Möglicherweise gibt es noch ganz vereinzelte Studiengänge, die als klassische Männerfächer gelten, z. B. an den Bergbau-Universitäten in Freiberg (Sachsen) oder Clausthal-Zellerfeld. Wenn man in diesen Ausnahmefällen darauf hinweisen möchte, daß auch Frauen dort studieren, muß man Studenten und Studentinnen sagen. Wie lächerlich der Begriff «Studierende» ist, wird deutlich, wenn man ihn mit einem Partizip Präsens verbindet. Man kann nicht sagen: «In der Kneipe sitzen biertrinkende Studierende.» Oder nach einem Massaker an einer Universität: «Die Bevölkerung beweint die sterbenden Studierenden.» Niemand kann gleichzeitig sterben und studieren.

«Hat man eine Bildungslücke, wenn man Sie nicht kennt?», *«Auf Ihren Fotos sind Sie aber jünger, oder?»*, *«Kann man davon leben?»*, *«Ach, dann sind Sie so eine Art Berufssensibelchen»*, *«Das ist ja witzig, daß ich hier einen leibhaftigen Schauspieler kennenlerne! Marlies, komm mal her: Dieser Mann hier ist Schauspieler!»:* Es gibt Geselligkeiten, bei denen man als Schauspieler, Musiker oder Schriftsteller darauf achten sollte, möglichst weit entfernt von beschwipsten Frauen um die fünfzig zu stehen, denn diese reagieren auf die Anwesenheit von Vertretern der genannten Berufsgruppen mit solchen Sätzen. Das ist merkwürdig, denn es handelt sich nicht um ausgefallene Berufe, im Gegenteil: Es gibt wesentlich mehr Schauspieler, Musiker und Schriftsteller als z. B. Estrichverleger, Goldschmiede, Glaser und Polsterer.

Skurril, gewöhnungsbedürftig: Die Wörter «skurril» und «gewöhnungsbedürftig» geben beredt Auskunft über den engen kulturellen Horizont ihrer Verwender.

Wunderbar unironisch: Seit die von den Medien so genannten Pop-Literaten herausgefunden haben, daß es mit der Ironie vorbei sei, liegt das Heer der Nachbeter dem Phänomen der Unironie zu Füßen. Selbstverständlich bleibt die Ironie auch nach den Verkündigungen der Pop-Literatur ein klassisches Distanzierungsmittel, das natürlich klug dosiert werden muß und bevorzugt in Kontakt mit Menschen Verwendung finden sollte, deren Fähigkeiten es erlauben, Veränderungen des Ironie-Levels ohne große Verständnisanstrengung wahrzunehmen.

Im Endeffekt: Vor zwölf Jahren empfahl ich milde körperliche Strafen für Leute, die keinen Satz sprechen können, ohne daß darin «im Endeffekt» vorkommt. Mein gesellschaftlicher Einfluß war jedoch gering, und «im Endeffekt» breitete sich noch weiter aus. Heute, wo plötzlich wieder breite Kreise darauf erpicht zu sein scheinen, gebildet zumindest zu wirken, ist es vielleicht effektiver, darauf hinzuweisen, daß «im Endeffekt» immer außerordentlich ungebildet wirkt. Eine häufige Verwendung dieses Füllsels ist, das sage ich sachlich und ohne Rüpelei und Dünkel, ein recht zuverlässiger Unterschichtindikator.

Ich würde übrigens niemals aufhören, jemanden zu lieben, nur weil er eines der eben aufgezählten Wörter benutzt, und Kritik üben würde ich nur dann, wenn ich weiß, daß der Sprecher dieser Form von Ansprache zugänglich ist. Ich habe sogar Sympathie für die Auffassung, daß jeder so reden solle, wie ihm der Schnabel gewachsen ist, doch zu zweit auf gleicher Augenhöhe gegenseitig Schnabelpflege zu betreiben, ist eine schöne Sache, wenn beide es mögen.

Hm, das war gut, daß ich den letzten Absatz hinzugefügt habe. Nach all dem Strengen wird der Leser wieder warm. Sehr nett von mir.

> Book after book
> I get hooked
> Everytime the writer
> Talks to me like a friend

Marc Bolan, «Spaceball Ricochet»

18. 10. 2001

Was man durchaus ab und zu sagen kann

Geil: Ich erinnere mich, wie in einer Sendung ein Sänger der Gruppe «Die Prinzen» von der Moderatorin angepflaumt wurde, nachdem er das Wort «geil» benutzt hatte. Das dürfe man als über Dreißigjähriger nicht mehr sagen. Aber sehr wohl darf man. Es ist ein Wort derer, die heute zwischen vierzig und fünfzig sind, und würfe man einen forschenden Blick in die Untergrund- oder Popliteratur, um Sätze mit «geil» zu finden, würde man sicherlich schon in den späten sechziger Jahren fündig werden. Beim Blättern in meinem Schülertagebuch fand ich zwei Belege von 1972 und 1973 – und zwar im heutigen, erweiterten Sinn. Das Wort wurde nicht so häufig benutzt wie jetzt und auch nicht von jedem, aber doch von nicht wenigen, und wer es tat, stieß damit oft auf kopfschüttelnde Reaktionen: «Was *der* alles geil findet!» Den Teenagerwortschatz zu dominieren begann das Wort erst, nachdem ein Pop-Projekt namens «Bruce and Bongo» ca. 1988 einen Nummer-eins-Hit namens «G-G-Geil» hatte. Was können über Dreißigjährige dafür, wenn Kinder den Slang ihrer Eltern übernehmen?

Cool: Ähnlicher Fall. «Cool» hatte in den siebziger Jahren den Status liebenswürdig veralteten Slangs und wurde durchaus dann und wann verwendet. Es besteht daher kein Anlaß, einen Rappel zu bekommen, wenn ein Älterer «cool» sagt; dann müßten ja umgekehrt auch die Älteren einen Rappel kriegen, wenn ein Jugendlicher «toll» oder «klasse» verwendet, und sagen: «Das dürft ihr nicht sagen, das sind *unsere* Wörter!»

Betroffenheit: Wurde in den achtziger Jahren überstrapaziert. Hat sich inzwischen erholt.

Reklame: Leute aus der Werbebranche knicken innerlich zusammen, wenn man das, womit sie ihr Geld verdienen, als Reklame bezeichnet. «Reklame» sei ja was Grelles aus alter Zeit, während «Werbung» subtile, große Gebrauchskunst sei, wahnsinnig kulturprägend und obendrein auch noch Pop. Da es eine Genugtuung darstellt, Leute mit übertriebenem Selbstbewußtsein gelegentlich mal innerlich zusammenknicken zu sehen, sollte man in ihrer Gegenwart stets das Wort Reklame verwenden.

22. 10. 2001

Ansbach

Erste Station einer kleinen Lesereise durchs Süddeutsche. Gleich zu Beginn der Lesung stänkert ein wahrscheinlich alkoholisierter älterer Mann lautstark und inhaltsleer vor sich hin. Nach erfolglosen Ermahnungen bitte ich den Veranstalter, den Mann «hinauszubegleiten». Später am Abend fragt mich jemand, ob ich das nicht hätte anders machen können. Zuerst denke ich: «Ach das ist so einer, der denkt, man müsse sich von angeblichen armen Schluckern alles bieten lassen, weil diese ja schutzbedürftige psychisch Kranke seien, die wir in unserer Mitte willkommen heißen sollten, statt sie ‹auszugrenzen›.» Ich will schon zu einem Vortrag darüber anheben, daß der Störenfried vermutlich ein ganz normaler Besoffener war, der sich in der Tür geirrt hat, als ich merke, daß etwas vollkommen anderes gemeint ist. Charles Bukowski, erklärt mein Verhaltenskritiker, wäre von der Bühne hinabgesprungen und hätte sich mit dem Störer geprügelt. Hätte er das wirklich getan? Auf den Fotos, die ich von ihm kenne, sieht er nicht so aus, als ob er physisch in der Lage wäre, von Bühnen herabzuspringen. Ich glaube, es gibt überhaupt keine Autoren, die auf Lesereisen im Ausland mit nervenden Lesungsbesuchern raufen, und ich gehe da noch einen entscheidenden Schritt weiter, indem ich sogar im Inland niemanden verprügele. Manch einer wird es vielleicht für übertrieben halten, daß ich meinen Pazifismus sogar noch auf Menschen ausdehne, die meine Lesungen gar nicht besuchen, aber ich kann nicht anders. Was ich allerdings kann und mir gestatte, ist das verbale Verscheuchen von Personen, die anderen Leuten den Abend verderben. Glücklicherweise ist das nur selten notwendig.

Zum Schluß fragt mich der Veranstalter, wie ich denn mit dem Publikum zufrieden gewesen sei. Gerade die Franken seien ja bekannt dafür, daß sie nicht aus sich herauskämen. Eine sonderbare Sache: Ganz gleich, wohin man kommt im deutschen Sprachraum, überall hört man, daß das ortsansässige Publikum besonders schwierig sei und kaum jemals auftaue. In allen Gegenden, mit Ausnahme des Rheinlandes, behaupten Kulturveranstalter, die jeweilige Landsmannschaft sei besonders stur und kulturell verschlossen. Offenbart sich hier eine Sehnsucht nach regionaler Besonderheit in Zeiten der medialen Nivellierung? Warum aber bekommt man dann nie zu hören, daß das Publikum in dieser oder jener Gegend besonders freundlich und leicht hinzureißen sei?

Die Wahrheit ist, daß die Leute im großen und ganzen überall gleich sind. Ich habe bald nach der Wende begonnen, Auftritte auch in den Neuen Bundesländern zu machen, und man war im Westen immer baß erstaunt, wenn ich erklärte, daß das Publikum im Osten genauso reagiere wie im Westen. Es gab von Anfang an keine Unterschiede.* Man mag immer mal stillere Abende erleben und

---

* Typisch für die Neuen Länder ist es allerdings, daß dort immer wieder Leute auf die Idee kommen, sich ihren alten DDR-Personalausweis signieren zu lassen. Oft sind da bereits Autogramme von Pop-Stars und Schauspielern drin. Ob die Menschen in der Nachkriegszeit wohl auch Bully Buhlan oder Rudi Schuricke gebeten haben, etwas in ihre abgelaufenen Nazi-Ausweise zu schreiben?

dann wieder welche mit heftigeren Rückwirkungen, aber mit der Gegend hat das nichts zu tun.

Wenn trotzdem immer wieder so getan wird, als ob Deutschland von lauter bockigen kleinen Völkchen besiedelt wäre, die so tief im Heimatboden wurzeln, daß sie schon mit Menschen, die 50 km weiter weg leben, nur noch unter Ausschöpfung aller Toleranzreserven verkehren können, wenn also z. B. Schauspieler allen Ernstes behaupten, sie würden ihre gesamte Kraft aus der niederrheinischen Landschaft schöpfen und die Ostwestfalen seien ein völlig anderer Menschenschlag, dann liegt das daran, daß sich mit der maßlosen Übertreibung regionaler Unterschiede bequemer komödiantisches Holz schnitzen läßt als mit der sachlichen Darstellung ihrer Geringfügigkeit. Man kann damit gut Geld verdienen. Ich erlaube mir, den Begriff «kommerzieller Regionalismus» in die Welt zu schicken.

23. 10. 2001

Pforzheim

Den Namen dieser Stadt kenne ich seit meiner Kindheit vom «Stadt-Land-Fluß-Spielen». Wenn jemand «Pforzheim» sagte, riefen die anderen «du Schwein», und es entstand eine große Ausgelassenheit, in deren Zuge mit den Lippen Blähungsgeräusche nachgeahmt wurden. Nun bin ich endlich mal hier, in der Traumstadt meiner präpubertären geografischen Unanständigkeit. Da ich seit Kindestagen mancherlei dazugelernt habe, überrascht es mich nicht, daß die örtliche Geräuschkulisse (inzwischen?) auf die auch sonst übliche Weise, also mit Verbrennungsmotoren erzeugt wird. Klingt aber auch nicht besser.

Daß Pforzheim wie auch andere Industriestädte in Baden und Württemberg im Kriege vollkommen zerstört wurde und der Wiederaufbau schmucklos erfolgte, war mir bekannt, aber ich habe schon schlimmere Beispiele gesehen. Das Ambiente ist bieder, aber auf eine nicht sofort krankmachende Art bieder. Gesund und munter ist daher das Publikum, welches das erste ist, dem ich meine Eintragungen vom 11.9. bis 15.9. zu Gehör bringe. Etwas allzu gut kommt die Stelle mit den «Kommentarwichsmaschinen des öffentlichen Lebens» an. Vielleicht streiche ich die wieder. Ich bin immer skeptisch, wenn Ad-hoc-Bildungen, wie sie infolge eines lebhaften Umgangs mit Sprache ganz normal sind, als Pointen oder gar Höhepunkte aufgefaßt werden. Es gibt einen sehr beliebten Text, in dem es um die Ausstattung von Badezimmern geht, und dort kommt das Wort «Klofußumpuschelung» vor. Die Begeisterung, die dieser Ausdruck erzeugt hat, ist mir rätselhaft. Ich halte es auch für wahrscheinlich, daß dieses Wort schon von anderen verwendet wurde, bevor ich es niederschrieb. Auf so etwas kommt einer doch schnell mal. Wie sollte man denn den betreffenden Gegenstand sonst nennen? An anderer Stelle ging es einmal um einen Kurpark voll greller, geschmackloser Blumenbeete, und ich verwendete die Umschreibung «Greisenerfreuungsrabatten», die ich aber sofort wieder strich, weil ich mir vorstellte, daß man sie originell finden könnte, und zwar originell um der Originalität willen, und diese Ahnung verleidete mir die Wendung, die mir jetzt nicht weniger ordinär scheinen will als der Gegenstand, den sie beschreibt. Selbstzensur ist lebenswichtig, denn wenn man es unbewegt in Kauf nimmt, von anspruchslosen Leuten «witzig» gefunden zu werden, sinkt man hinab.

24. 10. 2001

Tübingen

Ich sehe in einem Schaufenster ein Geschirrtuch, bestickt mit folgendem:

> Iß das Gare
> Trink das Klare
> Sprich das Wahre
> Lieb das Rare

Ich sehe diesen Spruch und weiß sofort, daß ich den bis in alle Zeiten mit mir herumtragen werde. Er hat die gleiche lästige Einprägsamkeit wie die Küchenweisheit:

> Grau ist der Hecht
> Die Frau hat recht
> Der Himmel ist blau
> Recht hat die Frau

Man müßte Kinder haben, denen man einen solchen Käse mit auf den Weg geben kann. Die Forderung, das Rare zu lieben, ist freilich allein dem Reim geschuldet. Das Volk bevorzugt immer das Häufige und Durchschnittliche. Das Volk ist nämlich, um hier einmal einen sympathischen Irrtum Brechts zu korrigieren, außerordentlich «tümlich».

25. 10. 2001

Aschaffenburg

Auch hier habe ich mich wohlgefühlt. Wenn ich Freunden erzähle, daß eine Lesereise ansteht, und gefragt werde, wohin die Reise geht, gucken sie oft etwas mitleidig bei einer Antwort wie «Nach Aschaffenburg und Pforzheim». Mancher hat noch etwas altbackene Vorstellungen von der Provinz oder denkt, für mich als Großstadtbewohner müsse es doch eine Zumutung darstellen, in solche Orte zu fahren. Ist es aber nicht. Ich finde es glücklicherweise überall interessant und schaue mir auch gern Korkmodelle antiker römischer Bauten an, deren größte Sammlung es im Aschaffenburger Schloß zu besichtigen gibt.

Einige kleine Unterschiede zwischen dem Publikum in einer Kleinstadt und dem in einer Großstadt gibt es freilich schon. In kleineren Städten ist der Anteil derer größer, die auf gut Glück oder auch mit falschen Erwartungen kommen, d. h. der Anteil der Kenner und Leser ist geringer. So ist es dort etwas unruhiger. Man muß auch öfter zur Toilette. Als typisch provinziell empfinde ich das Geräusch umfallender Bierflaschen, was aber wohl daran liegt, daß ich in größeren Städten oft in Sälen lese, in denen ein oftmals allzu strenges Personal darauf achtet, daß Getränke draußenbleiben, oder in «Verzehrtheatern» mit Tischen. Extrem provinziell ist es, wenn die Besucher aus der ersten Reihe ihre Füße auf den Bühnenrand legen*, wie überhaupt alles betont Legere und Punkige. Das Großstadtpublikum ist

---

* Es ist sogar so extrem provinziell, daß es in diesem Buch zweimal erwähnt wird, und wer im Kopf hat, in welchem anderen Buch es auch schon einmal auftauchte, darf sich aufmerksam nennen.

insgesamt ruhiger, aufmerksamer und «dankbarer», d. h., es wird länger applaudiert. Die Regel «Je größer die Stadt, desto länger der Beifall» trifft aber auch wieder nicht zu. Berlin hat kein typisches Großstadtpublikum. Man muß dort extrem häufig, oft schon zehn Minuten nach Veranstaltungsbeginn, zur Toilette, ist recht unaufmerksam, besonders wenn es etwas ruhiger oder anspruchsvoller wird, zeigt dafür aber um so mehr Bereitschaft, altbackene Zwischenrufe oder saturiert ironische Kommentare von sich zu geben, und mit Applaus wird gegeizt. Dies fällt mir allerdings weniger an meinen eigenen Abenden auf als an solchen, bei denen ich selber im Publikum sitze.

27. 10. 2001

Der Mann auf dem Balkon

Telephonierend sehe ich von meinem Balkon aus den Kastanien bei der herbstlichen Entwicklung zu. Auf dem Nachbarbalkon steht ein etwa zwei Meter großer Mann mit Glatze, der ebenfalls telephoniert. Ich erschrecke, denn solange ich hier wohne, hat auf diesem Balkon noch nie jemand gestanden. Der Auskunft einiger allwissender Damen im Haus zufolge wohnt in der Nachbarwohnung die Geliebte des Hausbesitzers, die ich aber nur ein einziges Mal von weitem gesehen habe, da sie laut den allwissenden Damen das ganze Jahr auf Ibiza ist, wo ihr der Hauseigentümer eine weitere Wohnung finanzieren soll. Ich gehe ins Zimmer und sage meinem Gesprächspartner am Telephon, daß ich soeben auf dem Balkon der «blöden Pornokuh» einen «irgendwie gewaltbereit» wirkenden Mann ausfindig gemacht habe.

«Was denn für eine Pornokuh?»

«Hab ich dir das etwa nie erzählt? Neben mir wohnt eine Frau, die Gott sei Dank nie da ist, und einmal hat der Briefträger versehentlich einen an sie gerichteten Brief in meinen Briefkasten geworfen. Absender war eine Model-Agentur, und so wie die Frau aussieht, kann das nichts anderes als Porno sein. Sicher bin ich mir aber nicht.»

«In deinem Haus wohnen ja nur so komische Leute.»

«Ja, Gerhard Henschel sagte mal: ‹Schauspieler, Schriftsteller und Irrenärzte.› Sowie abwesende Pornodarstellerinnen.»

«Und der Mann auf dem Balkon?»

«Den hab ich noch nie gesehen. Könnte ein Eishockeyspieler sein. Der Hausbesitzer ist ja Hauptsponsor des ‹EHC Eisbären›.»

«Dann paß mal auf, daß ihr nicht demnächst Kampfhunde im Haus habt.»

28. 10. 2001

Schußverletzung ohne Schießerei

Um den Ruf der Gewaltbereitschaft ist auch die Tür des Fahrstuhls bemüht, der zu «meinem» S-Bahnhof hinaufführt. Immer wieder werden Leute in der Tür eingeklemmt, was zu Beschwerden und gelegentlichen «Betriebspausen» führt, und nach jeder technischen Überprüfung ist der Fahrstuhl wieder ganz der alte. Vor ca. sechs Wochen ist auch mein Körper von der sich wie durch Befehle eines B-Movie-Regisseurs bewegenden Tür gequetscht worden, was zu einem umfänglichen blauen Fleck im Schulter- und Oberarmbereich führte, um den ich mich erst einmal nicht groß kümmerte. Im Lauf der Zeit hat sich jedoch an der Stelle der Blessur ein Abszeß gebildet, und da ich heute und morgen im «Deutschen Theater» in Berlin Gastspiele gebe, habe ich den Furunkel vorgestern aufschneiden lassen. Eine bestimmte Situation wollte ich nämlich unbedingt vermeiden: daß mir das Ding platzt, während ich auf der Bühne des hochfeinen Theaters sitze, und mir infolgedessen mit Blut vermischter Eiter aus dem Jackettärmel auf mein Manuskript läuft.

Den Hautarzt kenne ich seit über zwanzig Jahren. Es herrscht ein etwas gelockerter, von seiner Seite aus berlinisch gefärbter Umgangston zwischen uns.

«Als ich den Abszeß entdeckte, habe ich erstmal Ringelblumensalbe draufgeschmiert.»

«Ringelblumensalbe kannste dir auf deine Blumenvasen schmieren!»

Es folgte eine «Abszeßspaltung», worunter man keinesfalls einen jener medizinischen Eingriffe verstehen sollte, von denen man sagt, sie klängen weit unangenehmer, als sie es tatsächlich seien. Der gespaltene Abszeß ähnelt einer oberflächlichen Schußverletzung und wird auch so behandelt. «Vier bis sechs Wochen» lang darf ich nun jeden Morgen zum Arzt gehen, um mir jodgetränkte Tamponaden in die Wunde stopfen zu lassen. Ein typischer Fall, wo man als Deutscher sagt: «Ja, in Amerika – wenn ich dort lebte, würde ich die S-Bahn verklagen und eine Million Dollar aus meiner Wunde herauspulen.»

Die Techniker des «Deutschen Theaters» sind sich der historischen Bedeutung ihrer Bühne sehr bewußt. Ihr Verhalten mir gegenüber erinnert mich an die literarisch mancherorts festgehaltene Dünkelhaftigkeit der Dienstbotenschaft von Herrenhäusern, welche diejenige ihrer Herrschaft meist haushoch übertraf. «Wir sind hier die Max-Reinhardt-Bühne», scheinen sie zu denken, «was ist das für ein Würstchen, das wir heut beleuchten müssen, wahrscheinlich darf der hier nur auftreten, weil er das Haus voll macht mit seinem simplen Tand, offenbar will die Theaterleitung mal wieder ‹neue Publikumsschichten erschließen›.»

Dem Tonmann sage ich: «Ich bin Nahbesprecher, d. h. ich hätte das Mikro gerne direkt vor meinem Mund. Ich weiß, das sieht nicht gut aus, aber bei so einer Veranstaltung gibt es ohnehin nicht viel zu sehen, es geht mir darum, daß der Vortrag intim, aber kraftvoll bei möglichst großer Unangestrengtheit klingt. Das hilft, wenn man ein Publikum zwei Stunden bei der Stange halten will. Ich spreche etwa einen Zentimeter unterm Mikro weg, das hört sich für Sie vielleicht albern an, aber ich habe da im Laufe der Jahre meine eigene Technik entwickelt, die klappt immer sehr gut.»

Dem Lichtmann sage ich: «Ich muß nicht so grell angestrahlt werden. Ich bewege mich nicht viel während des Vortrages. Es reicht, wenn den Leuten bewußt bleibt, daß derjenige, den sie hören, tatsächlich physisch anwesend ist. Das ist wie in der Erotik. Sie wissen schon: Nicht Eiweiß, sondern Hinweis.»

Der Lichtmann weiß nichts von Hinweis statt Eiweiß. Er sagt: «Wenn man eine Veranstaltung zu schwach beleuchtet, schlafen die Zuschauer nach kurzer Zeit ein.» Ich verkneife mir den Einwand, daß die Leute in den Theatern doch eher wegen der Stücke einschlafen, und entgegne nur, daß massenhaftes Einschlafen aufgrund behaglicher Beleuchtung bei mir noch nie vorgekommen sei.

Der Tonmann sagt: «Von mir aus baue ich Ihnen das Mikro dahin, wie Sie es wollen, aber daß das unter der Würde der bedeutendsten Sprechbühne Deutschlands ist, brauche ich Ihnen ja wohl nicht zu sagen.»

Mich erstaunt der ungebremste Stolz, und ich erwidere: «Ich verstehe Ihren Standpunkt.»

Der Sound ist schlecht, es scheppert und koppelt zurück, und die Beleuchtung heizt dermaßen, daß ich in der zweiten Hälfte fast vom Stuhl falle. Die Bühnentechnik war sich zu fein, sich Mühe zu geben. Mag sein, daß es dem Renommee dient, in solchen Häusern aufzutreten, aber: Fuck Renommee. In Aschaffenburg ist das Publikum genauso gut, doch die Technik fühlt sich dort nicht so berühmt.

Beim anschließenden rituellen Herumsitzen sagt jemand von der Theaterleitung entschuldigend: «Diese Leute sind halt ein eigenes Völkchen mit einem eigenen Stolz.» Was «Eigenes» habe ich an dem Stolz des Völkchens indes nicht entdecken können. Eher die ganz normale Hoffart der Stellvertreter.

Das Wort «Hoffart» sieht allerdings aus wie eine nachlässig geschriebene «Hofeinfahrt». Nehmen wir also lieber «Arroganz».

29. 10. 2001

Bukowski prügelte nicht

Falko Hennig vom «Center for Bukowski Studies», den ich aufgrund in Ansbach geweckten Interesses vor einigen Tagen fragte, wie Charles Bukowski sich gegenüber pöbelnden Lesungsbesuchern verhalten hat, schickt mir ein

Selbstzeugnis des Dichters, in dem es um seinen Auftritt in der Hamburger Markthalle 1978 geht. An diesem Abend wurde er in der Tat von einem Mann beschimpft. Bukowski ignorierte ihn, erkundigte sich aber im Interesse seiner Sicherheit nach dem Notausgang. Also, wie ich es mir dachte: Das war ein sanfter, eher ängstlicher Mann. Deswegen trank er ja so viel. Mit Zuhörerverprügeln war bei Bukowski jedenfalls nichts.

3. 11. 2001
Eugen glänzt und Norbert nervt

Heute abend soll der fünfzigste Geburtstag des psychedelischen Zeichners und Autors Eugen Egner begangen werden. Egner hat sein Leben lang in Wuppertal gewohnt, aber da der dortige Menschenschlag seiner Meinung nach besonders stur und schwer zu begeistern ist, findet die Ehrenbezeugung in Dortmund statt, in einem kleinen Theater mit dem Namen «Fletch Bizzl». Man will dem Rang des Künstlers angemessen feiern, also nicht mit Windbeuteln und Luftballons, sondern mit einem anstrengenden Textprogramm, in dem neben dem Autor selbst und seinem Lektor auch zwei dem Jubilar freundlich gesinnte und mit ihm durch Korrespondenz verbundene Kollegen zu Wort kommen sollen, Gerhard Henschel und ich.

Um die fünf grotesken Kurztexte, die man mir zum Vortrag zugewiesen hat, im Hotel ungestört üben zu können, reise ich früh an. Die Geschichten sind äußerst reizvoll, sie streicheln wärmend meine Sinne, aber in sofortiger Verständlichkeit oder volkstümlicher Lustigkeit liegen ihre Vorzüge nicht. Fünf Stunden lang spaziere ich durchs Zimmer, deklamiere in Bewegung immer wieder Texte wie «Entstehung des Ich nebst anschließendem Erlebnis», wobei ich zwischen Versagensangst und «Wird schon werden» hin und her gerissen bin.

Heiko Arntz, der sowohl Eugen Egners als auch mein Lektor ist, wirkt beim Soundcheck abwesend und angeknickt. Ich frag den sorgenbleichen Freund: «Was ist denn los? Ist irgendwas mit Haffmans?» Die Frage scheint mir berechtigt, denn der Zürcher Haffmans Verlag, dem wir beide angehören, hat schon seit drei Jahren keine Honorare mehr gezahlt, und auch sonst hat man nur Schlechtes von ihm gehört, so daß in «gut informierten Kreisen» schon lang mit einem Konkurs gerechnet wird. Heiko Arntz wehrt ab: «Ach was, was soll denn sein!»

Vor der Show schnell noch was speisen. Direkt vor Lesungen, die ich allein bestreite, esse ich nie etwas, weil: voller Magen, schwere Zunge, aber bei so einem Gemeinschaftsereignis will ich mich der Geselligkeit nicht entziehen. Leider fühlt sich auch «Norbert aus Dortmund» von unserer Runde angezogen. «Norbert aus Dortmund» ist als besonders aufdringlicher Autogrammjäger eine regionale Berüchtigtheit. Man darf solche Erscheinungen keinesfalls verwechseln mit Leuten, die sich nach einer Veranstaltung etwas signieren lassen; daraus ergeben sich häufig nette und wünschenswerte Begegnungen. Menschen vom Schlage eines «Norbert aus Dortmund» hingegen lungern stundenlang vor Hotels herum, behelligen einen auch bei Tisch, und es ist ihnen vollkommen gleichgültig, was man ist, ob man beim Theater oder vom Film ist, ob einer Kugeln stößt, voltigiert oder schreibt, ob er der Stadtverwaltung vorsteht, Jazz trompetet oder von Blute ist, wichtig ist nur, man wird in der Zeitung erwähnt. Da ich nicht im Fernsehen präsent bin, errege ich glücklicherweise nur ganz selten die Aufmerksamkeit dieser rabiaten Psycho-Stresser. Die Landplage «Norbert aus Dortmund» scheint aber jeden zu kennen, sogar mich hat er bereits ein, zwei Mal geplagt, und natürlich will er auch diesmal nicht *eine* Unterschrift, sondern zwanzig – fünf mit «für Norbert aus Dortmund» und fünfzehn blanko, «zum Tauschen, für

Kollegen». Mehr als eines der gereichten Zettelchen wird aber heute nicht beschriftet, denn man sitzt beim Essen, und «Norbert aus Dortmund» mag zwar jeden kennen, der in der Zeitung steht, aber von Körperhygiene hat er noch nie gehört.

Das Publikum heute abend ist besonders stur und schwer zu begeistern. Das liegt freilich nicht an Dortmund. Ich erfahre hinterher, daß etliche Zuschauer Eugen Egner gar nicht kannten und irgendwie beleidigt waren, daß ich Texte von ihm und keine eigenen vorgelesen habe. Dabei war die Veranstaltung völlig korrekt angekündigt. Es ist schwer verständlich, daß ein derart herausragender und solitärer Künstler so wenig bekannt ist. «In Frankreich wäre so jemand ein Star», sagt man in solchen Fällen gern und daß man in Deutschland die wirklich guten Leute nicht wahrnehme. Ich bin mir nicht sicher, ob Eugen Egner in Frankreich ein Star wäre, aber der Status einer lebenden Legende wäre ihm in manch einem Land immerhin gewiß. In Japan erklärt man Künstler seines Formats zum «Nationalschatz». Das heißt vermutlich, daß man als so Geehrter die Geigen der Kinder des Staatspräsidenten stimmen muß und, in eine Flagge gewickelt, zum Mittagessen getragen wird. Ich würde das nicht wollen, doch für Eugen Egner kann ich nicht sprechen.

4. II. 2001

Ein Comicduo ziert sich und zieht sich zurück

Am Nachmittag treffe ich mich mit Stephan Katz in Leipzig, denn hier soll in zwei Wochen eine Ausstellung mit Strips und Einzelbildern des Comicduos Katz + Goldt eröffnet werden. Wir wollen den Ausstellungsraum, die Moritzbastei, besichtigen und beratschlagen, wo man was hinhängt. Gleich nach dem Eintreten gibt's lange Gesichter. Die Galerie ist ein Café. Darin ist bereits eine Ausstellung, die von der unsrigen abgelöst werden soll. Man kann sich die Bilder gar nicht richtig ansehen, zum Teil müßte man mannshohe Zimmerpflanzen zur Seite biegen, um einen vollständigen Blick zu erlangen, zum Teil hängen sie hinter den Cafétischen, so daß der Betrachtungswillige sich über die Tische beugen müßte, was natürlich den Leuten mißfiele, die an den Tischen Kaffee trinken. Großformatige Pflanzenmotive könnte man so vielleicht ausstellen, aber nichts, was sich aus Einzelbildern und Textpassagen zusammensetzt. Außerdem erfahren wir, daß am Abend der Vernissage zur gleichen Uhrzeit im benachbarten Konzertsaal ein Konzert einer HipHop-Band stattfinden soll und daß das Café auch der Getränkeversorgung von deren Publikum dienen werde.

Man hat eine Vernissage, es wird eine Rede gehalten, und währenddessen laufen Hunderte von HipHoppern durch den nicht sonderlich großen Raum und holen sich Bier – das stellen wir uns nicht schön vor, und so sagen wir die Ausstellung ohne große innerparteiliche Auseinandersetzung ab.

COMICDUO ist übrigens das einzige nicht an den Haaren herbeigezogene Wort, in dem die Buchstabenfolge CDU vorkommt. Es ist dem Comicduo bislang allerdings nicht gelungen, ein sinnvolles Wort zu finden, in dem SPD auftaucht. Zwei Beispiele aus der Geschichte unseres Scheiterns:

RISPDACH: Klingt erstmal wie etwas, was man durchaus schon einmal gehört haben könnte, wie ein in Vergessenheit geratener Fachbegriff. «Sie haben ein Haus mit Rispdach? Ach ja, ich erinnere mich, so etwas habe ich auf der Insel Föhr schon einmal gesehen.» Eine Rispe ist ein botanischer Begriff für einen bestimmten Blüten- und Fruchtstand. Johannisbeeren sind z. B. in Rispen angeordnet. Man könnte sich durchaus in die Vorstellung einer Welt hineinsteigen, in der es kein Schilf gibt, sondern nur Johannisbeersträucher, und daß die dortigen Häuser daher mit dem gedeckt sind, was übrigbleibt, wenn man Johannisbeeren ißt.

WESPDACKEL: Entweder ein wespenähnlich gemusterter Hund oder aber ein Dackel aus dem Besitz des ZDF-Wetterzaren Uwe Wesp.

5. 11. 2001
Konzentriertes Ungemach

Telephonate. Ob ich schon die «FAZ» von heute gelesen habe? Ja, habe ich. Was ich dazu sagen würde, daß der Haffmans Verlag in Konkurs gegangen sei? Ich sage, daß ich's kommen gesehen habe, daß es doch jeder habe kommen sehen. Ob ich großen finanziellen Schaden nehmen würde? Ja natürlich, die Buchhonorare für die letzten drei Jahre werde ich wohl vergessen können. Aber ich hätte ja glücklicherweise noch andere Einkünfte, oder? Ja, andere trifft es härter als mich, besonders die armen Übersetzer. Übersetzer? Wolle ich damit sagen, ich würde übersetzt? Nein, ich meine die Übersetzer, die für Haffmans englische Bücher ins Deutsche übertragen haben. Warum ich denn nicht schon früher den Verlag gewechselt hätte? Es hätte doch schon lange fast jeder gewußt, daß Haffmans nicht mehr koscher sei. Tja, warum – das frage ich mich jetzt auch. Ich war wohl zu lethargisch. Es gab auch keine Abwerbungsversuche anderer Verlage. Und: Ich wollte «das Werk nicht auseinanderreißen». Ja, ich finde inzwischen auch, daß das pathetisch klingt. Das Werk! Die paar Bücher.

Gerd Haffmans lernte ich Ende 1990 in seinem Zürcher Büro kennen, das mir holzgetäfelt und mit flaschengrünem Ledermobiliar in Erinnerung ist, wie eine elegante Rotweindegustation. Er hatte damals den Ruf, mit einem begnadeten literarischen Riecher ausgestattet zu sein, und ich empfand mich bestens plaziert in seinem Programm. Als Mensch war er mir vom ersten Augenblick an zutiefst unsympathisch, aber da ich mich mit dem Lektor sofort freundschaftlich verstanden habe, dachte ich, Verleger hin oder her, die praktische Zusammenarbeit hat man mit dem Lektor. Der jedoch verließ nach meinem ersten Buch im Streit den Verlag; er sagte mir, Haffmans habe ihn um viel Geld betrogen.

Andere Lektoren kamen und gingen. «Bei Haffmans hält es niemand länger als zwei Jahre aus», sagte man damals, auch ein Gerücht über Auflagenbetrügereien, daß Haffmans nämlich nur jedes zweite verkaufte Buch abrechne, hielt sich innerhalb des Autorenkollegiums hartnäckig. Mit den Jahren erlahmte die Zahlungsmoral immer mehr. Mahnungen wurden ignoriert, Autoren, die anwaltlichen Beistand in Anspruch nahmen, wurden von Gerd Haffmans mit vermutlich alkoholisiert geschriebenen, unflätigen Briefen bedacht. In Interviews beschimpfte Haffmans die Autoren zusätzlich als undankbare Wesen, die gefälligst das Risiko, die «Mischkalkulation», gemeinsam mit ihm zu tragen hätten.

«Der hat ja jeden Realitätssinn verloren!» lautete die allgemeine Mutmaßung. 2000 habe ich den Verlag gewechselt, Jahre zu spät.

Am Nachmittag spricht mich auf der Straße Frau Wallgren an, eine mit großem Talent zur nachbarschaftlichen Kommunikation gesegnete Hausbewohnerin.
«Haben Sie schon Ihren neuen Nachbarn gesehen?»
«Ich hab bisher mehr von ihm gehört als gesehen. Letzte Woche hat er früh am Morgen eine Stunde lang seine Freundin angebrüllt und Möbel umhergeworfen.»
«Was genau hat er denn gebrüllt?»
«Vor allen Dingen zwei Sätze, die er immer von neuem hervorstieß: ‹Ich will eine Familie!› und ‹Das laß ich mir von keiner Frau sagen!› Ich hatte den Eindruck, sie habe ihm gesagt, daß sie von ihm keine Kinder will.»
«Die Freundin kommt immer erst morgens um fünf nach Hause. Könnte sein, eine Nutte. Was sagen Sie eigentlich zu den Hunden?»
«Hunde habe ich noch keine gesehen. Hat der etwa Kampfhunde?»
«Allerdings. Eine Kreuzung aus Dänischer Dogge und Bordeaux-Dogge und einen American Staffordshire Terrier. Grauenhaft, in diesem Haus. Ich kenn mich ja bei Hunderassen aus. Um mich habe ich ja keine Angst, aber um Senator. Der ist doch schon zigmal von Pitbulls angefallen worden.»
«Senator» ist die Französische Bulldogge von Frau Wallgren. Senator sieht aus wie die Karikatur eines gefährlichen Hundes aus einem Donald-Duck-Heft, aber ich habe ihn während zahlreicher gemeinsamer Fahrstuhlfahrten liebgewonnen. Frau Wallgren berichtet weiter:

«Der Mann bekommt ja leider auch entsprechenden Besuch. Vor ein paar Tagen mach ich die Wohnungstür auf, und aus der Fahrstuhltür kommen drei unangeleinte Staffordshires und Pitbulls mit den ihnen ebenbürtigen Besitzern.»

«Da war ich wohl auf Tour.»

«Das Merkwürdige ist: Der hat jetzt auch Ihre andere Nachbarwohnung gemietet, die, wo das Ehepaar Taylor drin gewohnt hat.»

«Um Gottes willen. Dann habe ich den ja von beiden Seiten. Ich glaube, ich zieh aus.»

7. II. 2001

Gosh!

Es klingelt an der Tür. Ich öffne, und der neue Nachbar steht vor mir.

Eine in sich stimmige Erscheinung, modelliert von dem alles überragenden Wunsch, auf keinen Fall für etwas anderes als einen Zuhälter gehalten zu werden. Warum tragen die eigentlich immer diese komischen Pluderhosen?

«Guten Tag. Ich bin Ihr Nachbar.»

«Oh! Ja. Sehr schön. Das freut mich.»

«Ihre Nachbarin aus dem vierten Stock, wie heißt die noch ...»

«Frau Wallgren?»

«Die hat mir gesagt, Sie wollen ausziehen.»

«Ach ja, schon. Irgendwann mal. Vielleicht im Sommer. Aber das hat Zeit. Ich würde halt zur Abwechslung mal gern ohne Dachschrägen wohnen. Nach fünf Jahren kann ich einfach keine Dachschrägen mehr sehen.»

Es muß auf jeden Fall dem Eindruck vorgebeugt werden, ich würde mich seinetwegen mit Umzugsabsichten tragen.

«Ja, das verstehe ich.»

Wenn er spricht, kann man sehen, daß er sich seine oberen Eckzähne hat abschleifen lassen, um seinen Hunden zu ähneln, und er spricht noch einiges Interessante mehr:

«Wenn Sie wissen, wann genau Sie ausziehen, würden Sie mir dann Bescheid sagen? Ich würde Ihre Wohnung vielleicht gern übernehmen.»

«Ja. Aber die Wohnung von den Taylors, die haben Sie doch auch schon. Was wollen Sie denn mit so vielen Wohnungen?»

«Wir würden hier Räumlichkeiten für unsere Geschäftsfreunde einrichten. Wenn Sie wollen, kann ich Ihnen auch bei der Wohnungssuche behilflich sein. Ich hab da so meine Leute.»

«Danke. Aber ich suche erst einmal selber.»

Gosh! «Räumlichkeiten für Geschäftsfreunde»! Es erschien mir nicht nötig, nachzufragen, was damit gemeint ist. Um mich von meinem Ungemach abzulenken, stelle ich den Fernseher an. ZDF: «Streit um drei». Merkwürdig: Mein Verlag ist pleite, meine Wohnung soll Teil eines Bordells werden, und ich sitze auf dem Sofa und amüsiere mich über den edelfrechen Fernsehrichter Guido Neumann. Ich könnte ruhig ein bißchen aufgebrachter sein. Obendrein sollte ich die S-Bahn verklagen.

Abends rufe ich Frau Wallgren an und berichte. Sie entschuldigt sich mit großem Fleiß dafür, daß sie «dem Zuhälter» von meinen unausgegorenen Umzugsabsichten berichtet hat. Sie wohne halt seit 35 Jahren in der Straße und habe immer versucht, mit allen im Gespräch zu sein. Sie sei so, und es sei ihr in ihrer Kontaktfreudigkeit eben so herausgerutscht. Nein, gegen diesen Mieter könne man nichts ausrichten über die Verwaltung, weil der direkt vom Besitzer hier hereingesetzt worden sei, «der Typ» habe ihr selber gesagt: «Morgen treffe ich wieder den Heino», und ich wisse schon: Mit «Heino» ist der Hausbesitzer gemeint, also dieser Eishockey-Fanatiker mit seiner puffigen Geliebten, und der sei ohnehin nicht mehr ganz dicht, und wie sie, Frau Wallgren, in der «Berliner Morgenpost» gelesen habe, würde der eh im Krankenhaus liegen mit einem ganz frischen Herzinfarkt, «der Zuhälter» wisse das offenbar aber noch gar nicht, das sehe man ja schon daran, daß er sagte, er wolle sich morgen mit «dem Heino» treffen. Zeitung lese der wohl nicht. Nochmals: Es tue ihr sehr leid, daß sie gesagt habe, ich würde ausziehen.

«Ist egal, Frau Wallgren. Mittlerweile will ich wirklich ausziehen.»

8. 11. 2001

Wohnungssuche steht also demnächst ins Haus. Ich habe meine Dachschrägen auch wirklich satt. Über das Besichtigen von Wohnungen habe ich vor einigen Monaten unter dem Pseudonym Turhan Gilmez in der «Berliner Zeitung» einen kleinen Text veröffentlicht:

Einschneidende Klinken

Da mir «gehobenes Wohnen» mit Frau und Baby vorschwebt, wollte ich mir eine Wohnung in den Leibniz-Kolonnaden anschauen, jenem gerade fertiggestellten neuen «Tortenstück» zwischen Wieland- und Leibnizstraße in der guten alten West-City, wo bekanntlich eine selbstverständliche Urbanität herrscht wie im achten oder was weiß ich wievielten Arrondissement von Paris und nicht etwa ein angestrengtes, ja zickiges Werden, Würgen und Seinwollen wie in der inzwischen ja auch nicht mehr ganz neuen «alten Mitte» Berlins.

Auf einem Areal, das jahrzehntelang als Parkplatz diente, sind zwei langgestreckte Blöcke hochgezogen worden, dazwischen liegt eine noch sehr leere Fläche, die wohl Piazza oder Plaza gerufen werden möchte, aber Walter-Benjamin-Platz heißt. Stilistisch sieht das Ensemble aus wie eine extrem verkürzte Neuinterpretation der Stalinallee. Ein paar nicht allzu dornige Gehölze und ein nicht allzu quietschendes Klettergerüst muß ich mir freilich noch dazudenken, um mir vorzustellen, wie der kleine Cedric dort im Kreise anderer Etwasbesserverdienerkinder seine Nachmittage totschlägt, wobei er von seiner mit den Händen ihre unvergleichlichen Köfte (türkische Bällchen) formenden Mutter aus dem Küchenfenster liebevoll beäugt wird. Sollte sie von ihrem Adlerhorst aus böse Kinder gewärtigen, die dem kleinen Cedric zu nahe treten, wird sie mit ihren mit Hackfleischmasse behafteten Händen auf die Piazza eilen und die unredlichen Kinder zurechtweisen und gegebenenfalls gewissermaßen zu Hackfleisch verarbeiten. Mein Weib ist ein wehrhaftes. Eine Idylle ist hier also denkbar.

Angefüllt mit warmen Zukunftsideen nähere ich mich den Bauten. Noch nicht viele der Wohnungen scheinen bereits bewohnt zu sein. Kaum daß ich die Haustür öffne, verschwinden meine fröhlichen Familiengedanken. Die Türklinke! Sie ist dermaßen scharfkantig, daß sie ins Fleisch einschneidet. Was für eine dumme, ungeschickte Firma hat denn hier gewaltet? An eine sich ins Fleisch schneidende Türklinke wird man sich doch nie gewöhnen. Wer hier wohnt, wird bis zur Sperrstunde in Kneipen sitzen, weil er sich vor seiner unangenehmen Haustürklinke graust. Und der kleine Cedric? Jahrelang freut er sich auf den Tag, an dem er endlich die Türklinke erreicht mit seinen Pfötchen, und dann endet der große Tag mit «Blut, Schweiß und Tränen», wie Winston Churchill einst sagte. Das Blut und die Tränen würde das Kind liefern, den Schweiß steuerten wir Eltern bei: Es würde Schweiß der Wut sein, der Wut auf die Torheit der Baufirmen.

Nein, hier möchte ich nicht wohnen. Wer Wohnungsinteressenten mit messerscharfen Türklinken empfängt, wird sich bei der Innenausstattung der Wohnungen ebenso wenig Mühe gegeben haben. Auf eine Besichtigung kann ich wohl verzichten. Ich habe im Bekanntenkreis auch schon genügend «anspruchsvolle» Neubauwohnungen oder ausgebaute Altbau-Dachgeschosse gesehen, in denen sich nach spätestens einem Jahr der Klodeckel vom Klo verabschiedete und die Glühbirnenabdeckung von der Dunstabzugshaubenbeleuchtung in die brodelnde Yayla (türkische Suppe) fiel. Vor weit über zehn Jahren habe ich mich Barbara Johns Initiative «Ali macht Abi» angeschlossen und mich auch danach entsprechend beflissen. Jetzt möchte ich natürlich eine Wohnung haben, in der ich mein Abi genießen kann, ohne daß mir ständig Laminatquadrate an den Socken kleben bleiben. Da ich überall nur miserabel und auf billigste Art ausgestattete «Komfortwohnungen» vorfinde, muß ich mir wohl einen «Dachgeschoß-Rohling zum Selbstausbau» zulegen. Ali hat ja nicht nur Abi, sondern auch noch zwei kräftige Arme.

14. II. 2001
Wie Björk mir dankte

Daß ich heute in Duisburg lese, akzeptiere ich als sehr milden und sicherlich nicht böse gemeinten Schicksalsschlag. Gemein ist es aber, daß ich morgen in Marburg auftreten muß und daher nicht das Gastspiel von Björk in der Deutschen Oper in Berlin besuchen kann.

1984 oder 1985 führte ich einmal ein tolles Gespräch mit Björk. Ich hatte ein unter der S-Bahn in Berlin-Tiergarten gelegenes, heute längst vergessenes Veranstaltungslokal namens NOX besucht, weil in der Zeitung stand, dort würde eine isländische Gruppe namens KUKL auftreten. Die Gruppe war mir unbekannt, aber da ich damals einen nordischen Fimmel hatte, habe ich hingehen müssen. Sängerin der Gruppe war die damals ca. 16jährige und noch jünger wirkende Björk, die mir eher grönländisch als isländisch vorkam. Ihr Gesang war so ekstatisch wie heute, die Musik jedoch viel schlichter oder, um es kindgerecht zu sagen, «härter» und «nicht so kommerziell». Auch zartere Darbietungen übrigens wären von der S-Bahn nicht beeinträchtigt worden, denn die fuhr im West-Berlin der achtziger Jahre nur ab und zu mal, und um 21 Uhr war Feierabend. Sie diente fast ausschließlich dem Transport zum Bahnhof Friedrichstraße im zur DDR gehörigen Teil von Berlin, dort kaufte man zollfreie Zigaretten und fuhr sofort wieder zurück. Man fand das damals ganz normal.

Es war auch ganz normal, Björk anzusprechen, denn es befanden sich nur zwanzig Leute im Saal, und nach dem

Konzert stand sie einfach in der Gegend herum wie ein netter Gegenstand.

Ich sagte: «You really broke my heart.»

Sie antwortete: «Thank you very much.»

Einige Monate später spielten KUKL noch einmal, und zwar in einem der damals beliebten besetzten Häuser. Kurz bevor das Konzert begann, kehrte eine Frau vom Klo zurück und sagte zu ihrer in meiner Nähe stehenden Freundin: «Das ist ja grotesk hier. Auf dem Frauenklo ist eine schwangere Zwölfjährige und pinkelt im Stehen.» Gemeint war Björk, die sich trotz ihres kindlichen Aussehens schon damals keine Schonung gegönnt hat.

15. II. 2001

Weiteres über aufgeweichte Begriffe

Beim Soundcheck in einem Multiplex-Kino in Marburg werde ich von jemandem aus der Belegschaft recht sauertöpfisch gefragt, ob ich vorhätte, während der Lesung «mit Getränken um mich zu schmeißen». Auf meine erstaunte Frage nach dem Hintergrund dieser Befürchtung wird mir mitgeteilt, es könne ja sein, daß so etwas «bei uns» jetzt üblich sei, der «Kollege Stuckrad-Barre» habe hier kürzlich ein gefülltes Rotweinglas hinter sich geworfen und so die Leinwand ruiniert. Ich erwidere, daß bei mir mehr der Text im Vordergrund stehe, und frage, ob bekannt sei, warum Stuckrad-Barre sich so unstaatsmännisch verhalten habe. Mir wird gesagt: «Ach, das ist für den wahrscheinlich Rock'n'Roll.»

Stuckrad-Barre wäre wohl zu klug, zu *sagen*, ein solches Verhalten sei Rock'n'Roll, aber ich weiß nicht, wo ich den

Mut hernehmen soll, anzunehmen, daß er auch zu klug ist, so etwas nicht in aller Heimlichkeit zu denken. Die inzwischen arg traditionelle Vorstellung, daß das Umherwerfen oder Zertrümmern von Gefäßen, Möbeln oder sogar Frauen Rock'n'Roll sei, erinnert mich an Aussagen der Qualität, daß Tee weit mehr als ein Getränk sei, nämlich eine Philosophie, oder Prenzlauer Berg keineswegs nur ein Stadtteil von Berlin, sondern eine «innere Einstellung». Man hört solche Dinge ja immerfort. Oder was alles Pop sein soll. «Nazis sind Pop» titelte neulich ein Stadtmagazin, und selbst das seine Tat satanistisch verbrämende Mörderehepaar Ruda aus Witten ist zu Pop erklärt worden, nachdem ein paar verwirrte Schüler dabei gesichtet wurden, wie sie vor dem Tatgebäude herumstanden und auf Fenster deuteten. Ich wünsch mir eine Kraft, welche die Menschen zwingt, nach dem Aufstehen zehn Mal folgendes aufzusagen: «Rock'n'Roll ist eine Musikrichtung, Nazis sind Verbrecher, Prenzlauer Berg ist ein Stadtteil, und Tee ist ein Getränk», und jedesmal danach die eine berühmte Zeile aus dem einen berühmten Lied von der einen berühmten Frau, die da lautet: «... und sonst gar nichts.»

In diesem Zusammenhang wollen auch die zur Zeit besonders im englischen Sprachbereich hochmodischen Sprüche erwähnt sein, die sagen, daß x das neue y sei. Früher sagte man Sachen wie: daß Mireille Mathieu die neue Piaf sei oder Rügen das neue Sylt. Heute liebt man solche Aussagen paradox verschärft. Zwei Titel von Rockplatten aus jüngerer Zeit:

Being together is the new lonely
Quiet is the new loud

Man kann sich sicher sein, daß in irgendwelchen Studios gerade an Werken namens «Light is the new darkness» oder «Parents are the new children» gearbeitet wird, und es fiele einem nicht schwer, sich derlei dutzendfach auszudenken, aber da schläft man ja ein bei, und das ist nicht wünschenswert, denn Arbeitszimmer ist keineswegs the new Schlafzimmer. Wenn man macht und tut, bis einem das Blut unter den Fingernägeln hervorspritzt, damit man sich eine Wohnung mit funktional getrennten Räumen leisten kann, dann möchte man nicht im Badezimmer Kuchen backen.

Jetzt wissen wir aber noch immer nicht, warum Stuckrad-Barre das Rotweinglas hinter sich schmiß. Man könnte ihn fragen*. Ich könnte mir aber auch einige mögliche Antworten einfach ausdenken:

1) «Ich habe Freunde in Marburg, und die gehen furchtbar gern in das Multiplex-Kino, weil dort stets die ausgefallensten cineastischen Ausgrabungen gezeigt werden. Doch stets wird die Freude meiner Freunde durch die vielen Fusseln und Schmierlinien auf der Leinwand geschmälert. Wenn sie den Kinobetreiber um eine Erneuerung der Leinwand baten, sagte der aber nur: ‹Wo kämen wir denn da hin? So eine Leinwand kostet 12 000 Mark! Die wird erst ausgetauscht, wenn sie vollkommen schmutzig ist!› Und da dachte ich, ich müsse meinen Freunden helfen. Die haben ja sonst gar nichts.»

---

* Ich fragte ihn. Er sagte, Rock'n' Roll habe er gewiß nicht vorleben wollen, in dieser Hinsicht teile er meine Meinung. Er sei sich über sein tatsächliches Motiv aber nicht im Klaren; es könne jedoch sein, daß er Martin Luthers Tintenfaßwurf habe nachstellen wollen.

2) «Satan hat mir befohlen, den ‹Kollegen Goldt› zu töten, aber da hab ich zu Satan gesagt, wieso *das* denn, das ist doch ein guter Mann, reicht es denn nicht, ein Rotweinglas umherzuschmeißen? Und da meinte Satan: Ja okay, das geht zur Not auch.»

16. 11. 2001

Ein Gentleman beklagt sich nicht, es sei denn auf Papier

Ich stehe in der Hotelbadewanne und studiere das, was der Sanitärfachmann Mischbatterie und der Laie Wasserhahn nennt. Ich drücke auf alles, wo man draufdrücken kann, schiebe alles nach oben, nach unten oder zurück, was man in seinen kühnsten Fantasien irgendwo hinschieben könnte, doch das Wasser strömt aus dem Wannenhahn, nicht aus dem Duschkopf. Ich wußte, daß dieser Tag einmal kommen würde, an dem es mir nicht gelingt, von Wannen- auf Duschbetrieb umzustellen, aber muß das gerade heute sein, wo ich um sieben Uhr morgens einen Zug erreichen muß? Resignierte Frauen sagen gern in bezug auf Männer: «Kennt man einen, kennt man alle.» Gleichlautendes läßt sich über die Umschaltknöpfe nicht sagen. Kennt man einen, kennt man wirklich nur den einen.

Auf der letzten Seite des britischen Musikmagazins «Q» gibt es einen Fragebogen für Popstars. Eine der Fragen lautet: «What are you most likely to complain about in a hotel?» Gute Frage. Ich beschwere mich fast nie in Hotels, weil das Rezeptionspersonal im allgemeinen keinerlei Souveränität besitzt, was das Entgegennehmen einer Beschwerde angeht. Sie reagieren völlig unbeholfen, verdattert, persönlich gekränkt oder, wenn sie schon etwas erfahrener sind, erwidern sie kalt: «Ich habe Ihre Kritik zur Kenntnis genommen. Vielen Dank.»

Man versucht jedoch sehr wohl, den Anschein zu erwecken, man sei an der Meinung der Gäste interessiert. Dazu liegen in den Zimmern tabellarische Kritikvordrucke aus, auf denen man die Qualität der einzelnen Servicesegmente – ich kenne das Wort «Servicesegment» nicht, aber es hat ein authentisches Flair –, auf denen man also die verschiedenen Hotelbereiche beurteilt, indem man ein smilendes, ein nicht smilendes oder ein ganz und gar nicht smilendes Gesicht ankreuzt. Ich würde liebend gerne die Restaurants beurteilen, aber wenn ich Zeit hätte, etwas zu essen, haben die sowieso nie auf. Oft bekommt man sogar morgens nichts. Bei der Ankunft bekommt man gesagt: «Frühstück gibt es zwischen sechs und zehn Uhr.»

Betritt man jedoch um 9 Uhr 55 den Frühstücksraum, ist das halbe Buffet bereits abgeräumt. Noch übler sind die Badezimmer. Normalerweise gilt Deutschland bekanntlich als mit einem Sicherheitstick behaftet, aber Hotelduschen und -badewannen sind sicherheitsfreie Zonen. Kaum irgendwo gibt es ausreichend Festhaltegriffe, nirgends Antirutschmatten. Ich persönlich bin noch nie ausgerutscht, aber es gibt ja auch ältere Menschen, die schon etwas klapprig sind und entsprechend unsicher. So mancher wird da schon aus Angst vor einem Unfall auf das Duschen verzichtet haben.

Leute, die regelmäßig zum Zweck der finanziellen Ausbeutung ihrer Machenschaften unterwegs sind, tauschen sich recht gern darüber aus, was ihnen an Hotels am meisten auf die Ketten geht. Oft genannt werden außer den engen und gefährlichen Badezimmern die Monitorbegrüßung, die ab Punkt acht mit Staubsaugern gegen die Tür pumpernden Zimmermädchen und die Schokoladenstücke auf den Kopfkissen. Wer spät nachts schon einmal *tired and emotional* – ein schöner, verhüllender Ausdruck für betrunken – in sein Hotelbett gefallen ist und am Morgen seine Frisur und das Kopfkissen schokoladenverklebt vorfand, soll sich bloß nicht einbilden, er sei der einzige, dem das schon passiert ist. Man kann ganz offen darüber sprechen: Es ist eine weithin geläufige Tourneeerfahrung.

Nicht zu vergessen die garstigen Teppichböden in Hotels aus den frühen achtziger Jahren, die häufig noch nie neu möbliert wurden. Überall merkwürdig krustige Stellen: Zwanzig Jahrgänge Vertreter-Eiweiß sind dort eingesickert.

Hinzufügen möchte ich noch: Ich hätte gern einen Schreibtisch, an dem man schreiben kann. Meist ist einer da, aber bis an die Halskrause vollgestellt mit allerlei, zum Beispiel einer kunstledernen Mappe mit Briefpapier, einem Plexiglas-Aufsteller, in dem sich Werbung für Kreditkarten und Golfschläger sowie kioskunwürdige Zeitschriften wie «Chefbüro, vereinigt mit ‹Chefbüro heute›» befinden. Des weiteren gibt es «Ihr persönliches Lese-Exemplar» von «Cosmopolitan», «Modern Living» und dem Schweizer Zigarrenmagazin «Cigar», und nicht zu vergessen das Tablett mit einer Flasche Apollinaris, «zu ihrer persönlichen Erfrischung», «with compliments» zwar, allerdings doch für DM 9.80.

Erwarten die Herrschaften wirklich, daß ich für zehn Mark Mineralwasser saufe, wo doch wenige Meter weiter im Bad die Mischbatterie lockt, die mir den essentiellen Trunk gratis einschenkt, und das auch noch, wie die «Stiftung Warentest» nicht müde wird herauszufinden, in meist besserer Qualität als aus der Flasche? Wasser sollte so gratis sein wie Luft und Stöhnen aus der Nachbarwohnung.

Das teure Wasser überall erinnert mich an ein klassisches Berlin-Souvenir. Früher gab es kleine Büchsen zu kaufen, etwa in Kondensmilchgröße, in denen nichts als Luft war, und darauf stand «Berliner Luft». Die Büchsen kosteten etwa zwei Mark, und wenn man sie umdrehte, machte es «Muh» – nein, da verwechsele ich etwas, das waren wieder andere Dosen.

17. 11. 2001

Wären Katz und Goldt nicht so kritisch in Bezug auf die Location gewesen, hätte Marcus Rattelschneck gestern abend in Leipzig folgende, von uns gemeinsam schnell geschriebene, daher die Albernheit «nicht wirklich» vermeidende Rede gehalten:

Die nichtgehaltene Rede

Hey, Anwesende!

Ich bin Marcus Weimer. Mein Name ist auch Marcus Weimer!

Ich bin Bestandteil des Comicduos Rattelschneck, dessen anderer Bestandteil, Olav Westphalen, in New York lebt.

Lange Zeit war Rattelschneck das einzige einigermaßen akzeptable Comicduo des deutschsprachigen Raums, sieht man mal von Asterix und Obelix ab, die aber erstens nicht wirklich akzeptabel sind und zweitens aus dem französischsprachigen, ja sogar perfekt französischsprachigen Raum stammen.

1996 änderte sich die Situation von Rattelschneck als einzigem akzeptablem Comicduo Deutschlands.

Katz und Goldt erschienen auf dem Bildschirm, den wir Bretter nennen, die die Welt bedeuten. Max Goldt war schon zuvor als geachtete Schriftstellerpersönlichkeit in Erscheinung getreten.

1996 traf er auf den zwölf Jahre jüngeren Stephan Katz, der zuvor nur Rockplakate und Aufkleber für Bielefelder Musikschuppen gestaltet hatte.

Sofort entstand ein «Draht», der bis heute nicht durchgeglüht ist, obwohl er natürlich stets glüht, aufgrund der vielen guten Sachen, die ständig zwischen Max Goldt und Stephan Katz hin- und herfliegen, getragen von einer gegenseitigen Welle der Sympathie und der stets sprudelnden, wachsamen Ideenflut.

Bald schon erschien ein erster Band der beiden im Berliner Jochen-Verlag – das war so ein kleiner Comic-Verlag gewesen, der in einem staubigen Keller saß und seinen Autoren Kaffee anbot, der schmeckte wie der schlimme Kaffee in dem alten Spot von Onko-Kaffee, in welchem eine Faust aus der Tasse kam und dem Kaffeedurstigen die Visage polierte.

Noch zwei weitere Bücher erschienen im Jochen-Verlag, dann ging er aus den üblichen finanziellen Gründen ein.

Katz und Goldt landeten in der Gosse. Goldt, der ja auch noch andere Einkünfte hat, rappelte sich in Sekundenschnelle wieder auf und ließ auch Katz nicht wesentlich länger als unter Freunden ratsam im Harn liegen.

Katz und Goldt gingen ins Internet. Katz gestaltete eine Homepage, die bald regen Zuspruch fand und gern mal ein bißchen gelobt wird von Leuten aus dem Business. Das Comicduo arbeitet übrigens zur Zeit an einer zweiten, heimlichen Homepage, von der, das sei hier in die Gegend gekräht, nur die absoluten Top-Einschleimer erfahren werden.

Aufgegeilt durch den erfolgreichen Internet-Auftritt des Comicduos kam der Carlsen Verlag aus Hamburg angekrabbelt und wollte das, was alle wollen, bzw. korrekter ausgedrückt, das, was alle wollen hätten *sollen,* nämlich ein viertes Katz-und Goldt-Buch machen.

Angetörnt durch den großen Erfolg von Carlsen, der seit den Harry-Potter-Büchern der 22st-größte Verlag Deutschlands ist, sagten die beiden unterschiedlich hübschen Herren zu.

So liegt nun also der erste Farbband von Katz und Goldt vor.

«Oh Schlagsahne! Hier müssen Menschen sein!»

Wozu aber in Dreiteufelsnamen eine Ausstellung?

Ich kenne keinen Zeichner aus der Comic-Cartoon-Witz-Richtung, der es für sinnvoll erachtet, Zeichnungen an fucking Wände von sucking Galerien zu hängen. Trotzdem machen es alle.

Es ist halt so: Zeichner sitzen genau wie Autoren immer in ihrer Bude herum und sehen wenig von der weiten Welt. Autoren gehen auf Lesereise, um an die frische Luft zu kommen. Aber Zeichner? Was sollen die machen? Sollen sie etwa Diavorträge machen und diese mit ihren oft ungeschulten Schnarrstimmen kommentieren? Das könnten sie natürlich, aber sie haben oft nicht die technischen Möglichkeiten, ihre Arbeiten professionell zu knipsen.

Daher machen sie gerne Ausstellungen, weil man da befreundete Kollegen einladen kann, einleitende Worte zu sprechen. Mit denen kann man dann ja hinterher auch noch beisammenstehen und ein evtl. vorhandenes Lokalkolorit einatmen.

Für das Publikum wäre es natürlich auch viel schöner, zu Hause in der Sitzecke in einem Comicbuch zu blättern, als sich schwitzend und mit dreckigen Haaren und in stickigen Schuhen vor zu niedrig oder zu hoch gehängten Zeichnungen zu drängen. Zumal ja bei Ausstellungen gerade vor den Bildern, die man sich gern näher ansehen würde, Trauben anderer Leute stehen, und es macht wenig Freude, diese Menschen wegzuschubsen. Oft werden sie auf unbescheidene Weise wütend.

Ich danke Ihnen für Ihre leider durch Schwatzen getrübte Aufmerksamkeit, möchte aber trotzdem noch einige kurze Bemerkungen zum Stil von Katz und Goldt machen. Er ist so ähnlich wie der Stil von Rattelschneck, aber das ist ja eine einigermaßen peinliche Situation, so etwas zu erwähnen, wenn Katz und Goldt anwesend sind.

Deswegen will ich mal nicht groß kritisch rumtönen hier, sondern das Glas erheben, und zwar dasjenige, was mir hoffentlich bald jemand reichen wird.

Okay: Die Ausstellung ist eröffnet!

2. 12. 2001

In München lese ich heute folgenden schönen Text aus dem März 2001.

Kiesinger weiß kein Mensch was drüber

Während einer langen Fahrt auf der Autobahn kam neulich das Gespräch auf Willy Brandt, und ich erinnerte mich eines seltsamen Interviews, das nach dem Tode Brandts dessen Altersgattin Brigitte Seebacher-Brandt gegeben hatte. Offenbar in der Absicht, die Brandt-Fans zu quälen oder wenigstens zu desillusionieren, erzählte sie, ihr Mann habe sich im Fernsehen am liebsten Volksmusiksendungen angeschaut und auch keine Militärparade ausgelassen. Er habe außerdem gern Tomatensuppe gekocht. Mein Mitreisender erwiderte, daß er sich an dieses Interview ebenfalls erinnere, insbesondere an die Tomatensuppe, und wir wunderten uns, daß sich gerade dieses Detail in zwei sonst so unterschiedliche Gehirne eingebrannt hat, denn das Kochen von Tomatensuppe ist an und für sich weder schockierend noch skandalös. Sicher, wenn der eigene Vater sich dauernd Tomatensuppe gekocht hätte, das wäre auf irgendeine Weise biographiewirksam gewesen und daher memorierenswert, und hätte sich Willy Brandt von der Tagesschau regelmäßig beim Tomatensuppekochen filmen lassen, wäre es auch normal, sich das gemerkt zu haben.

Aber die Sache stand ja nur in einem Interview, das wir

vor Jahren ein einziges Mal gelesen hatten, und dies wohl eher diagonal als hochkonzentriert. Der Mitreisende, den ich im folgenden Walter nennen werde, kam nun auf die Idee, mich aufzufordern, sämtliche Bundeskanzler und Bundespräsidenten an meinem inneren Auge vorbeidefilieren zu lassen und zu sagen, was mir ganz spontan, ohne Lexikon und Recherche, zu jedem einzelnen einfalle, Vages und Irrtümliches mitinbegriffen.

Ich willigte ein. Vom ersten Bundespräsidenten, Theodor Heuss, hat sich mir ein Schwarzweißfoto eingeprägt, das ihn in privater Umgebung zeigt. Er sitzt in einem dreiteiligen Anzug im Sessel und guckt nach unten. Die Atmosphäre auf dem Foto würde ich als muffig bezeichnen. Mir ist so, als ob Sonne ins Zimmer fällt, und im Sonnenstrahl tanzen Staubpartikel. Ob ich wisse, unterbrach mich Walter, daß Staub in manchen Teilen Österreichs Geisterscheiße heißt? Nein, das wußte ich nicht, aber ich weiß, daß es zwei ganz unterschiedliche Sorten von Staub gibt, nämlich Anwesenheitsstaub und Abwesenheitsstaub. Ich sah mich nämlich einige Zeit lang mit der recht lästigen Situation konfrontiert, zwei Wohnsitze zu unterhalten, und jedes Mal wenn ich nach längerer Zeit für einige Tage von Hamburg nach Berlin kam, empfand ich, daß die dortige Wohnung stetig klammer und musealer wurde, so wie ein ungemütlicher Partykeller in einem Eigenheim, der immer seltener und schließlich gar nicht mehr genutzt wird. Es war ein grimmiger und abweisender Staub entstanden, anders als der, der sich in Zeiten bildet, wenn man in der Wohnung ist; der ist freundlicher und beschwingter, man kann gewissermaßen mit ihm tanzen. Falls Bedarf an einer Sprachregelung besteht, würde ich vorschlagen, das, was in Abwesenheit entsteht, als stummen Staub zu bezeichnen, und den sich in Anwesenheit bildenden als beredten Staub.

Walter fragte nun, ob in Theodor Heuss' Wohnzimmer eher stummer oder eher beredter Staub gelegen habe. Ich antwortete: «Eher beredter.»

Es kommt mir sogar so vor, als wäre Heuss in ein Zwiegespräch mit seinem Staub vertieft gewesen.

Genaugenommen aber sieht es auf allen Fünfziger-Jahre-Wohnzimmerfotos so staubig aus, und das hat zwei Gründe. Einmal den, daß durch die Bombardements des Zweiten Weltkriegs so ungeheuer viel Materie aufgewirbelt worden ist, daß es fünfzehn, zwanzig Jahre gedauert hat, bis sich das alles wieder einigermaßen verfestigt hat. Zum andern den, daß die Staubtücher damals noch nicht besonders fortgeschritten waren. Unsere heutigen Staubtücher sind durchweg mit antistatischen Haftpartikeln imprägniert, von denen Theodor Heuss nur träumen konnte. Doch ich möchte nicht die ganze Zeit über Staub sprechen, es gibt wirklich noch anderes, was mir zu Heuss einfällt. Er war z. B. mit einer kaukasischen Prinzessin verheiratet, die hieß Elly Heuss-Knapp. Das ist zwar kein typischer Name für eine kaukasische Prinzessin, aber ich weiß zufällig ganz sicher, daß sie eine war.

Walter warf nun ein, es sei so gesehen kein Wunder, daß es bei Heuss staubig war. Denn so eine Prinzessin sei sich natürlich zu fein, mal ein Staubtuch zur Hand zu nehmen.

Ich erwiderte: «Walter, ich möchte nicht mehr über Staub sprechen! Und Elly Heuss-Knapp war sich auch nicht zu fein, sie hatte bloß keine Zeit. Sie hat schließlich das Müttergenesungswerk gegründet.»

«Ja wieso? So ein Genesungswerk zu gründen, das geht

doch zackzack. Man wirft eine Sektflasche gegen den Bug und dann geht man nach Hause und wischt Staub.»

«Sie hat es doch nicht bloß eingeweiht, sondern gegründet, da muß man tausend Briefe schreiben und Liegenschaften anmieten. Aber jetzt genug davon. Gehen wir mal ein Herrschergemälde weiter, zu Heinrich Lübke.»

Der sprach einen auffälligen Dialekt, wo das R so gerollt wird wie im Englischen. Das war, glaube ich, Sauerländisch. Ich finde es übrigens unglaublich kleinkariert, wenn Leute an Dialekten herummeckern. Es gibt keine Dialekte, die schlechter sind als andere. Du mußt dich doch nur einmal verlieben. Verlieb dich in jemanden aus Stuttgart, verlieb dich in jemanden aus Leipzig – und schon empfindest du den Dialekt als den allerschönsten.

Für lächerlich halte ich übrigens die oft von rheinischen Dialektrockern und Wiener Liedermachern geäußerte Auffassung, es gebe Dinge, die man auf Hochdeutsch schlecht oder gar nicht sagen könne. Wenn dies so wäre, würde man gern erfahren, wie die Menschen zwischen Hannover und Göttingen, wo bekanntlich kein Dialekt mehr gesprochen wird, mit diesem Problem klarkommen. Die müßten ja unglaubliche emotionale Defizite haben. Haben sie aber nicht, denn auf Hochdeutsch läßt sich Zartes und Intimes genausogut sagen wie auf Sauerländisch.

Heinrich Lübke aber sagte in seinem Sauerländisch wenig Zartes, zumal seine zweite Amtsperiode von Altersdemenz überschattet war. Die schlimmsten Brabbeleien wurden vom Satiremagazin «Pardon» sogar auf höhnische Schallplatten gepreßt, auf denen die senilsten Stellen mit einem pochenden Geräusch unterlegt wurden, damit sie jeder mitbekam, aber für die Protokollbeamten des Palais

Schaumburg kann das unmöglich eine lustige Zeit gewesen sein. Heinrich Lübke war wohl auch einer der Gründe, warum die Menschen von der APO in aus heutiger Sicht kaum mehr verständlich wirkendem Maße wutzerfressen und verbissen waren, denn der Mann hatte auch noch eine üble Vergangenheit, über die ich ca. 1980 von einem Ulli in einer längst zu Staub und Asche zerfallenen Gay Bar namens Bibabo ausführlich informiert wurde. Ulli gehörte zu der damals noch häufigen Sorte von Mensch, für die ein Gespräch nur dann geführt zu werden verdiente, wenn es politischen Inhalts war. Seine Lieblingsthese war, daß die Amerikaner am Bau der Mauer mindestens ebenso schuld seien wie die Sowjets und daß man irgendwo einen diesbezüglichen Briefwechsel zwischen Kennedy und Chruschtschow aufbewahre, der den Völkern der Welt natürlich vorenthalten werde. Er informierte mich auch gern über irgendwelche furchtbaren Raketen, was ich mir aufmerksam anhörte, denn ich mochte Ulli. Und Heinrich Lübke habe im Dritten Reich eine Fabrik besessen oder saß im Aufsichtsrat oder was weiß ich, und diese Fabrik habe Rohre oder Öfen oder andere Geräte hergestellt, die dann in den Gaskammern der Vernichtungslager verwendet worden seien. So unpräzise ist leider mein Wissen, und wie könnte es besser sein, wenn man politisch geschult wird, während im Hintergrund ständig «Yes Sir, I can Boogie» läuft. Ich hätte das lieber in der Schule gelernt.

«Du meinst, wir sind gleich da? Ich soll mich also bei den anderen Herrschaften etwas kürzer fassen?»

Na gut. Gustav Heinemann: Tochter verrückt. Walter Scheel: Tochter lesbisch. Zu knapp? Sorry. Also: Zu Gustav Heinemann fällt mir zusätzlich ein, daß er den Begriff Verfassungspatriotismus «prägte»*, daß er sagte: «Ich liebe nicht den Staat, sondern meine Frau», und dann hat er auch noch den Frack abgeschafft. Walter Scheel wurde immerfort zum Pfeifenraucher des Jahres gewählt, und um von seinem Rotary-Club-Image abzulenken, hat er mit dem Düsseldorfer Männerchor eine Volkslied-Single gemacht, die prompt die Charts, die damals noch Hitparaden hießen, «stürmte». Dann Carstens. Seine Wanderstiefel liegen im Offenbacher Ledermuseum neben den Turnschuhen von Joschka Fischer, obwohl Turnschuhe ja gar nicht aus Leder sind, aber vielleicht heißt das Museum auch Offenbacher Schuhmuseum. Nun Richard von Weizsäcker. Genau wie Scheel hat von Weizsäcker eine Platte gemacht, aber keine Vinylsingle mit einer ordinär gelben Hülle, sondern eine Doppel-CD, die seine berühmte Rede von 1985 enthielt. Dieser Tonträger ist auf mysteriöse Weise in meine Regale gelangt, und sie war meines dubiosen Wissens die erste Doppel-CD, die nicht in dem klobigen Doppel-CD-Outfit der frühen digitalen Zeit erschien, sondern in der platzsparenden Swing-Tray-Doppel-CD-Verpackung von heute. So hat von Weizsäcker Tonträgerverpakkungsgeschichte geschrieben. Ansonsten geistert er nach wie vor durchs Gedenkstätteneinweihungs-Establishment. Das Wort «Hagestolz» fällt mir noch zu ihm ein, obwohl man damit eigentlich einen *unverheirateten* alten Herrn bezeichnet. Dann Roman Herzog. Über den sag ich nichts, denn der ist heilig. Meine Freunde, und seien es auch nur

---

* Die Auffassung, Gustav Heinemann habe den Ausdruck «Verfassungspatriotismus» geprägt, ist zwar häufig zu hören, aber es soll daran erinnert werden, daß der Politologe Dolf Sternberger Vater des Begriffs ist. Heinemann hat das Wort durch häufige Verwendung populär gemacht, obwohl: populär ist übertrieben.

theoretische Freunde, verschone ich von jeglichem Formulierungsdrang. Ich würde mit ihm gern mal einen allzu langen Abend verbringen und beim Frühstück zu ihm sagen: «Na, *das* hätte gestern nicht unbedingt sein müssen, was? Aber ich fand's schön. Aspirin?»

Ganz schnell noch die Kanzler durchhecheln. Adenauer Rosen, Erhard Zigarre, Kiesinger weiß kein Mensch was drüber, Brandt hatten wir schon, Tomatensuppe. Schmidt: tiefe, schwarze Nasenlöcher und dunkelbraune Krümel im Gesicht. Der wunderbare Kanal Phoenix zeigt immer wieder ein stundenlanges Interview jüngeren Datums, in welchem eine äußerst unhöfliche Kamera, jedesmal wenn Helmut Schmidt sich eine Zigarette aus dem Etui nimmt, auf dessen Hände zufährt. Zwischen den Zigaretten schnupft er Tabak, und die Kamera nähert sich mit pornografischer Indiskretion den großen dunklen Nasenlöchern des Altkanzlers, man sieht auch, daß einiges aus den Nasenlöchern wieder herausfällt – Schmidt hat Schnupftabak auf der Wange, auf der Oberlippe, an den Händen, völlig vollgekrümelt sitzt der Mann da, doch bei Phoenix kennt man keine Zensur. Daß Kohl, von dem es auch ein stundenlanges Phoenix-Interview gibt, keinen Schnupftabak zu sich nimmt, kann man nur gutheißen als jemand, der von großen, schwarzen Nasenlöchern keine Nahaufnahmen zur Unterhaltung braucht.

Mein Brieffreund Tex Rubinowitz hat Helmut Kohl einmal ein beleidigtes Reh genannt, ein dickes beleidigtes Reh. Ich habe mich mit diesem Vergleich nach anfänglichen Berührungsängsten angefreundet. Kohl ist zu oft geehrt worden und hat diese Ehrungen zu sehr verinnerlicht.

Er sagte, Ziel seiner Kritiker sei es, einen Ehrenbürger Europas zu demontieren. Puh! Wenn man irgendeinen

Preis bekommen hat, weist man doch nicht von sich aus darauf hin – das ist außerordentlich unvornehm. Weiß er denn nicht, daß es bei Ehrungen nicht um die Geehrten, sondern um die Ehrenden geht? Wenn zum Beispiel die Stadt Worms feststellt, daß sie ein publizistischer Underperformer ist, also nicht oft genug in der Zeitung vorkommt, dann findet Worms heraus, daß in seinen Mauern mal ein Dichter namens Julius Anton Neidgerber gelebt hat und stiftet fortan den Julius-Anton-Neidgerber-Preis, und zwar allein zu dem Zweck, in den Medien als kulturfördernde Stadt erwähnt zu werden. Der Geehrte ist immer nur der Spielball der Ehrenden. Wenn nämlich der Schriftsteller, dem der Preis zuerkannt werden soll, keine Zeit oder keine Lust hat, nach Worms zu fahren, dann kriegt den Preis irgendein anderer. Nicht völlig anders ist es bei Ehrendoktorwürden oder -bürgerschaften. Die preisstiftenden Instanzen wollen sich im Glanz eines großen Namens sonnen, und es ist auch nicht verwerflich, dieses Spiel mitzuspielen. Man hat einen schönen Abend inmitten Wohlmeinender und Weggefährten, Henry Kissinger sagt hallo, und das Essen wird auf jeden Fall deutlich zu schade für den Mülleimer sein. Aber man darf so eine Ehre nicht allzu ernst nehmen und sie seiner Identität einverleiben! Kohl dagegen hat leider eine Ehrungspsychose. Phoenix zeigte auch in brutaler Ausführlichkeit, wie er sich nach seinem Auftritt vorm Spendenskandalausschuß der Pressemeute stellte. «Herr Kohl», rief ihm einer zu. «Für Sie bin ich immer noch Herr Dr. Kohl», kam es zurückgefaucht. Vor einigen Jahren erwähnte ich in diesem Forum einmal jemanden, der in einem Sweatshirt mit der Inschrift «Hard Rock Café Berlin» durch die Gegend läuft. Ich kommentierte das mit «Uncooler geht's wirklich nicht». Ich irrte damals. Ein dickes beleidigtes Reh, das sich selbst einen Ehrenbürger Europas nennt und keifend auf seinem Doktortitel besteht, ist doch noch uncooler.

Wir hatten unser Ziel erreicht. Walter sagt: «Schon traurig, daß man sich von einem Menschen nur merkt, daß er den Frack abgeschafft hat. Man müßte sich mal bei seinem Gedächtnis beschweren.»

«Ja, allerdings. Weißt du eigentlich, warum Heinemann den Frack abgeschafft hat?»

«Nein. Vielleicht haben ihn Fräcke im Schritt gezwickt.»

«Man kann sein Gedächtnis ja trainieren, aber leider nicht qualitativ, sondern nur quantitativ. Dann merkt man sich noch mehr solche Sachen.»

«Du solltest eigentlich wissen, daß Quantität nicht das Gegenteil von Qualität ist, sondern eine ihrer Komponenten. Die Qualität der Beatles z. B. beruht zu einem großen Teil darauf, daß sie viele Lieder geschrieben haben und nicht nur eines. Vielleicht wirst du auf der Rückfahrt Lust haben, ganz spontan aufzuzählen, Vages und Irrtümliches erneut mitinbegriffen, was dir zu jedem einzelnen der vier Beatles einfällt.»

«Mal sehen. Ich glaube aber, ein Spiel dieser Art reicht mir bis auf weiteres.»

4. 12. 2001

Im Reiche des altdeutschen Walters

Auf der Fahrt von München nach Klagenfurt komme ich durch Mallnitz-Obervellach. Erinnerungen werden wach an das Kärntner Landesfestival im Sommer 1993, bei dem ich vor einer Almhütte vortrug. Tex Rubinowitz war da, auch Marita, die rumänische Prinzessin mit den harten Haaren, Hermes Phettberg sowie ein mir musikalisch leider gar nicht geläufiger österreichischer Rockstar namens Ronnie Urini. Ich war auf Schloß Trabuschgen untergebracht, in einem großen Saal voll knarrender Betten. Nach dem in Österreich üblichen Getrinke nahm ich die Prinzessin, Tex und Herrn Urini mit auf mein Zimmer, weil die nicht mehr wußten, wo sie wohnten. Dort fand ein in Österreich ebenfalls nicht unübliches Gekokse statt, worauf Tex und Prinzessin Marita, die übrigens einmal Schwammtaucherin in Malaysia gewesen sein will, sich entkleideten. Nachts um drei kam ein Hunger, den wir stillten, indem wir zu viert die Tür zur Schloßküche knackten und darin dicke Scheiben kalten Schweinebratens verzehrten. Das ist natürlich noch nichts Besonderes. Kaiserin Soraya hat in den Nächten ihres Lebens sicher noch weitaus fetzendere Episoden durchlebt. Unvergleichlich schien mir aber das Bild, das sich mir beim Erwachen bot: In einem kleinen hölzernen Kastenbett lag der Rockmusiker in vollständiger Ledermontur bäuchlings halbdiagonal über dem in eine weiße Tagesdecke eingewickelten muschelkalkweißen Prinzessinnenkörper. Die beiden müssen die ganze Nacht so gelegen haben.

Ronnie Urini hatte übrigens beim Zechen ein schwarzes Kopftuch getragen, welches ihm, soweit ich mich erinnere, im Rausch vom Kopf glitt. Darüber hinaus trug er, offenbar sehr lichtempfindlich, zwei Sonnenbrillen übereinander. Ohne diese abzunehmen, krabbelte der Musiker nun durch den nächtlichen Biergarten, um sein Tuch zu suchen, wobei eine in kleinem Kreis noch immer gängige Redensart entstand, die lautet: «Mit zwei Sonnenbrillen auf der Nase im Dunkeln schwarze Tücher suchen will gelernt sein.»

Im Klagenfurter Hotel reicht man mir ein Fax, auf welchem die Veranstalterin sich erbietet, mich durch das Geburtshaus von Robert Musil zu geleiten. Ich gehe aber lieber spazieren. Die ganze Stadt ist mit Max-Goldt-Plakaten zugepflastert, was immer ein ganz schlechtes Zeichen ist. Wo viele Plakate hängen, ist es nötig zu plakatieren, d. h., es wird keiner kommen.

Nur am «Landhaus», dem Sitz des Kärntner Parlaments, klebt nichts, denn der darin altdeutsch waltende Jörg Haider, der duldet nur Volkstänze.

Die Veranstalterin holt mich vom Hotel ab und fragt, ob ich ihr Fax nicht erhalten habe mit der Einladung ins Musil-Haus. Oder sei ich zu erschöpft gewesen? Ich sage: «Erschöpft nicht direkt, ich hatte bloß keine Lust.» Im Auto zwei Minuten Schweigen, dem eine für eine Kulturpatriotin offenbar in zu wenig diplomatisches Seidenpapier eingewickelte Auskunft vorausgegangen war.

In den Veranstaltungsort, einen verwitterten Ballsaal, hat man extra hundert Stühle gekarrt. Das scheint mir übertrieben, und ich frage vorsichtig, ob man denn nicht wisse, daß Österreich, Wien vorsichtig ausgenommen, ziemlich resistent sei gegen die Lockdüfte meiner Person. Es kam zurück, daß man es in Klagenfurt überhaupt schwer habe mit «solcher Kultur», denn Jörg Haider ... Jaja, vervollständige ich den Satz, der duldet nur Volkstänze. Man widerspricht mir nicht, und der Kreis derer, die anderes als Volkstänze dulden, erweist sich wie erwartet als überschaubar.

5. 12. 2001
Beine auf der Bühne

Auf der Fahrt nach Innsbruck komme ich schon wieder durch Mallnitz-Obervellach, und wen wundert's da, daß schon wieder Erinnerungen an das Kärtner Landesfestival von 1993 wach werden, und zwar daran, wie ich vor der Almhütte saß, Texte vorlas, und in der ersten Reihe ein Mann, bei dem es sich nicht um den Rockstar Ronnie Urini handelte, seinen Hosenstall öffnete und in hohem Bogen Wasser ließ. Durch das Geprassel irritiert, hielt ich inne und betrachtete das Naturspektakel. Der Mann und auch seine neben ihm sitzende Frau schienen das völlig normal zu finden. Da ich dem Mann verwundert ins Gesicht schaute, meinte der, das sei nicht gegen mich, im Gegenteil, aber «dös» sei halt «am Land» so üblich.

Mallnitz-Obervellach. Es gibt auch Stationen namens Rattenberg-Kramsach, Pill-Vomperbach und Fritzens-Wattens. Österreichische Bahnhöfe heißen so, wie in den siebziger und achtziger Jahren deutsche Frauen mit anspruchsvolleren Berufen hießen, Politikerinnen oder Anwältinnen. Kabarettisten und Gegenwartskritiker warfen sich aber wie afrikanische Wildhunde auf die armen Weiber und hetzten sie zwar nicht direkt zu Tode, verdarben ihnen jedoch gründlich die Freude an ihren ausufernden Namen. Es ist der einzige mir bekannte Fall, daß «Satire» jemals etwas bewirkt hat. Die deutschen Frauen warfen ihre vielverspotteten Doppelnamen ab wie Stripperinnen einen kratzigen BH. Heute haben nur noch einige leicht angestaubte Politikerinnen jenseits der 55 solche Namen.

«Frau Dr. Rattenberg-Kramsach, eine Frage: Stimmt es, daß Sie sich zu diesem Zeitpunkt lieber auf Sachfragen konzentrieren, statt eine Personaldebatte zu entfachen, oder wollen Sie zu unser aller Überraschung mal die öden Sachfragen außer Acht lassen und statt dessen eine Personaldebatte auslösen?»

In der Innsbrucker Location gibt es zwei Säle. Hinter der Kasse steht ein Schild, auf dem ein Pfeil nach unten, zu «Paul Kuhn, 250 Schilling», weist und ein anderer nach oben, zu «Max Goldt, 100 Schilling». Der Preisunterschied ist nicht zu beanstanden – schließlich reise ich nicht mit einem Rhythmustrio.

Bei der Lesung wird geraucht. Auch das beanstande ich nicht, denn ich verfüge über ein belastbares Organ. Ich nehme auch hin, daß div. Leute aus der ersten Reihe ihre Füße auf dem Bühnenrand abgelegt haben, obgleich dieses ostentative Verneinen der Bühnenmajestät eine Protestmemorabilie der hohlsten Art ist, die sonst nur noch in der Volksbühne am Berliner Rosa-Luxemburg-Platz üblich oder sogar erwünscht ist. Die Leute denken, das sei lässig, dabei sehen sie eher pflegebedürftig aus, als ob sie in einem elektrisch betriebenen Fernsehsessel für Senioren darauf warteten, daß es endlich an der Zeit ist, zu Bett zu gehen.

Eklig finde ich nur, daß ein langhaariger alter Mann aus der ersten Reihe seinen Aschenbecher auf der Bühne abgestellt hat. Er verputzt während der knapp zwei Stunden etwa fünfzehn Zigaretten, und zwischendurch flüstert er seinem Sitznachbarn immer wieder etwas ins Ohr. Muß auch nicht schön sein: Man will lauschen, und ein Kettenraucher kaut einem das Ohr ab.

In Deutschland ginge das nicht, die Nichtraucher würden den Rauchern was husten, im direkten und übertragenen Sinn. Ist man nicht gerade in einem Alt-Kreuzberger Anarchistenkeller, wird man der Kombination «Literatur und Zigaretten» nur noch selten begegnen. Insofern hat der je nach Einschätzungswillen entspannte oder «depressiv tolerante» Umgang damit in Österreich fast etwas Nostalgisches – wie eine Hommage an die Qualm-Sessions der Gruppe 47. Wenn auf 3SAT das merkwürdige Klagenfurter Wettlesen übertragen wird, zeigt sich einem ebenfalls ein Bild wie aus den sechziger Jahren: Ein Autor liest etwas vor, und um den Vortragenden herum sitzen die Juroren und blasen ihm Rauch ins Gesicht.

Ganz leise dringt übrigens während der Lesung die Session von Paul Kuhn an mein Ohr. Was spielt er da gerade? «They can't take that away from me?» «Cheek to cheek?» Das hatte ich auch noch nie: beim Vorlesen die Titel von auf die Bühne wehenden Jazz-Evergreens raten. Angenehmes Abgelenktsein von den manchmal etwas wahllos wiehernden Zuhörern.

Nach dem Signieren hänge ich noch etwas an der Bar. Zuerst kommt eine Frau, die meint, ihr habe das Skurrile gefehlt; meine Texte seien alle so logisch gewesen. Ein anderer kommt und tut kund, ich sei für ihn «zu Fleisch und Knochen gewordenes Wort». Ich freue mich mehr über die

Knochen als über das Fleisch. Ein dritter fragt mich, wie der Bürgermeister von Hamburg heiße. Sein Freund habe dem nämlich schon mal die Hand geschüttelt. Ich sage: «Oskar Runde, ach nee, das ist ja der von Bremen, oder nee, stimmt nicht, der ist doch aus Hamburg, aber er heißt irgendwie anders, aber so ähnlich, nee warten Sie, die haben da ja jetzt einen Neuen, so einen komischen, der heißt Blase oder Beule oder Beutel, ist aber adelig.» Der Mann ist unzufrieden und sagt: «Auf dem Klappentext von Ihrem Buch steht, Sie wohnen in Hamburg.» Da sage ich: «Das Buch ist alt.»

Dann erscheint jemand, der erzählt, er habe sich eben noch die Zugaben von Paul Kuhn angehört und sich dabei mit jemandem unterhalten, worauf er von Publikumsangehörigen um Ruhe gebeten wurde. Das sei doch unmöglich, das sei doch schließlich Bar-Jazz! Ich sage, wenn ein Anonymus in einer Hotelbar Klavier spielt, könne man sich schon unterhalten, doch wenn ein respektables Urgestein in einem Konzertsaal für 40 DM Eintritt spielt, dann müsse man schon schön den Rand halten. Diese Auffassung findet der Mann unmöglich und wendet sich kopfschüttelnd ab. Was das denn mit dem Eintrittspreis zu tun habe!

Wenn jemand in einer Bar Standards spielt und ich mich mit jemandem unterhalten möchte, setze ich mich so weit wie möglich von der Musik weg. Nicht, weil mich das Klavierspiel stört. Mein Respekt vor Musikern ist einfach so groß, daß es mir peinlich ist, wenn sie sehen, daß ich an ihrem Vortrag geringeres Interesse habe als an meiner Begleitung.

6. 12. 2001

Gemalte Hotelchefin

Heute wird in Meran gelesen, was in Italien gelegen und daher Lesereisen-Neuland für mich ist. Eine Dame und ein Herr, Buchhändler, holen mich mit einem für heutige Verhältnisse schönen Auto ab, einem Rover. Schönes Armaturenbrett. Ich sage zu der am Steuer sitzenden Buchhändlerin: «Sie haben aber ein schönes Armaturenbrett.» Zu Rokoko-Zeiten sind Damen sicher noch charmantere Komplimente gemacht worden, z. B. hätte man statt Armaturenbrett Näschen gesagt. Doch ich sitze hinten und sehe kein Näschen. Weil ich es nicht liebe, mich anzuschnallen, bevorzuge ich die Rückbank und sage immer, daß ich nicht gern auf dem Todessitz Platz nehme, womit ich den Beifahrersitz meine. Ich sollte mir diese Auskunft aber abgewöhnen, denn wenn drei Personen fahren und einer davon den Todessitz verweigert, bedeutet das ja, daß er durchaus vorbereitet ist, einem seiner Mitreisenden unfallbedingtes Ableben auf dem Beifahrersitz billigend in die Schuhe zu schieben.

In deutschen Taxis kann man es sich manchmal gar nicht aussuchen, ob man vorn oder hinten sitzt. Es scheint Vornesitzgebiete und Hintensitzgegenden zu geben. Da ich immer in Hintensitzgegenden gewohnt habe, finde ich es befremdlich, wenn ich in kleineren Städten Baden-Württembergs, aber auch schon in Potsdam genötigt* werde, neben dem Fahrer zu sitzen, da mir das so vorkommt, als

---

* Zum Vornesitzen genötigt wird man zum Beispiel durch Getränkekisten oder Kindersitze auf der Rückbank oder dadurch, daß der Beifahrersitz so weit zurückgefahren ist, daß man gar nicht hinten einsteigen kann.

ob ich die Ehefrau oder Mutter des Fahrers wäre und von ihm zur Mammographie oder einem ähnlich gelagerten Damenkloschwert gefahren würde. Unter einem Damenkloschwert ist dabei ein Schwert zu verstehen, welches in einem Damenklo hängt. Es ist eine Erfindung des Zeichners Marcus Rattelschneck, die bislang offenbar noch nicht zu größerer Bekanntheit gelangt ist, sonst würde man die praktischen Damenkloschwerter viel häufiger antreffen. Das Damenkloschwert darf übrigens um Himmels willen nicht mit dem ähnlich klingenden, aber viel unangenehmeren Damoklesschwert verwechselt werden.

Dem Prospekt des schönen Hotels Meranerhof entnehme ich, daß es sich unter der Leitung von Traudl und Astrid Eisenkeil befindet. Gegenüber dem Fahrstuhl hängt ein Gemälde von, ich nehme mal an: Traudl Eisenkeil – könnte aber auch Astrid Eisenkeil sein – in der Pose einer Grande Dame. Ich fühle mich an die leider bereits 1936 tödlich verunglückte belgische Königin Astrid erinnert, doch mir fallen auch Namen wie Lou Andreas-Salomé oder Alma Werfel-Mahler ein, und ich hoffe, mein Hinweis, daß diese beiden keine deutschen Politikerinnen der siebziger Jahre waren, wird als eine unverschämte Unterschätzung der Allgemeinbildung des Publikums gedeutet. Frau Eisenkeil trägt eine für große Damen gewagt transparente Bluse, was indessen kein Problem ist, da der Maler in puncto Brustwarzen beide Augen naturnegierend zugedrückt hat.

Das kleine Theater ist schön voll, aber niemand lacht. Da ich jedoch an den Vibrations merke, daß mir die Leute wohlgesinnt sind, stört mich das überhaupt nicht. Der Theaterdirektor meint hinterher wie zur Entschuldigung: «Unsere Leute lachen nicht laut, weil sie ja alles mitbekommen wollen.» Die Südtiroler sind in dieser Hinsicht offenbar genau wie ich. Ich werde demnächst, vielleicht am 15.12., einige Bemerkungen über die Beziehung zwischen Humor und lautem Gelächter machen, denn darüber liegen einige bleierne Mißverständnisse in der Luft.

7. 12. 2001
Gemalte Hotelierfamilie

Wie ich am Vormittag das Hotel verlasse, springt mir eine elegante Dame hinterher und ruft: «Herr Goldt, ich wollte Sie noch begrüßen, ich bin die Chefin des Hotels.» Ich erkenne die Dame von dem Gemälde wieder, wenngleich seitdem gut dreißig Jahre vergangen sein müssen, und sage: «Ah, Frau Eisenkeil. Freut mich.»

Frau Eisenkeil ist erstaunt, daß ich ihren Namen weiß, und erwidert eigenartig langsam, als ob sie soeben mit einer verwirrenden Nachricht konfrontiert worden wäre: «Ja, ich bin Frau Eisenkeil.»

«Traudl oder Astrid Eisenkeil?» frage ich munter, womöglich sogar locker.

Daß ich nun auch noch die Alternativen kenne, scheint Frau Eisenkeil wie einen Einbruch in ihre Souveränität aufzufassen, und es klingt etwas kühl, als sie nun antwortet: «Traudl. Astrid ist meine Tochter.»

Auf dem Weg zum Bahnhof überdenke ich mein Verhalten, kann nichts Falsches daran finden, komme mir aber trotzdem vor wie ein stoffeliger Berliner, der in einem feinen Haus zu laut nach der Toilette gefragt hat.

Auf jeden Fall bin ich gern in Hotels, in denen Gemälde der Betreiber hängen. Ich erinnere mich an ein kleines Berghotel in der Schweiz, unweit der Rigi, in dessen Erdgeschoß es zwei Gaststuben gab. In der einen hing ein großer Fotoabzug der Hotelierfamilie, in der anderen ein Gemälde, beides etwa aus der gleichen Zeit. Zur Familie gehörte ein mongoloider Sohn, der zwar auf dem Foto, nicht aber auf dem Gemälde zu sehen war; offenbar hielt die Familie einen Behinderten nicht für gemäldewürdig. Man könnte ja mal einen sonnigen Nachmittag hinter zugezogenen Vorhängen vertrödeln und sich die Ausreden ausdenken, welche die Familie dafür sicherlich in Hülle und Fülle parat hat. Daß der Sohn, als das Bild gemalt wurde, gerade Blumen pflücken gewesen sei. Daß er nicht stillsitzen könne. Daß er nicht habe gemalt werden wollen. Daß der Maler Nazi gewesen sei. Daß der Maler zwar kein Nazi gewesen sei, aber über einen stechenden Blick geboten habe, vor dem sich der Sohn fürchte. Oder daß der behinderte Sohn ein eitler Geck sei, der darauf bestanden habe, separat, auf einem eigenen Bildnis, verewigt zu werden, welches auch realisiert worden sei, letzte Woche aber hätten Hippies aus Bremen das Gemälde gestohlen, worauf es jetzt vermutlich in einem chicen Szenecafé hänge, was so schlimm jedoch nun auch wieder nicht sei, weil es dort von viel mehr Menschen gesehen werde als hier in dem zappendusteren Alpenhotel, wo kaum je ein Mensch vorbeikomme außer ein paar Greisen mit Reisigkiepen, die eine Brettljause bestellen, obwohl man in der Schweiz wohl nicht den österreichischen Ausdruck Brettljause verwendet, doch das ist ja völlig egal jetzt, man ist den Hippies aus Bremen jedenfalls nicht böse: «Hier in unserer rußigen Stube würde das gute Stück ja nur voreilig nachdunkeln.»

Weil im Zug nach München nichts anderes mehr frei ist, muß ich mich zu einer laut telephonierenden Frau ins Abteil setzen, die, noch bevor ich mich räumlich ganz installiert habe, anfängt, dramatisch zu weinen. «Ach du Schreck», denke ich, «hoffentlich muß ich die nicht trösten.»

Möglicherweise hat sie gerade vom Tod eines ihr Nahestehenden erfahren. Ich empfinde ihre Tränen allerdings weniger als mitleiderregend denn als schamlos, da sie ihre Empfindungen auslebt wie eine Rampensau im Volkstheater. Sie flennt und greint und konzertiert, und ich versuche ungerührt aus dem Fenster zu schauen.

Die will ich nicht in den Arm nehmen, die nicht. Nach einiger Zeit bekomme ich mit, daß da keineswegs jemand verstorben ist, sondern daß die Frau einen unbekannten Mitreisenden mit einem zehnminütigen Heulkrampf belästigt, weil sie erfahren hat, daß sie an Heiligabend arbeiten muß. Für solche Tränen ist schamlos tatsächlich der richtige Ausdruck.

8. 12. 2001

Definition

Beim Blättern im Lexikon stolpere ich über eine wunderbare Definition, und zwar für Erde: Erde sei «Stoff, aus dem Land ist». Das ist wunderbar zart, einfach, gut und richtig. Stoff, aus dem Land ist! Ich freue mich zehn Minuten daran. Guter Stoff, gutes Land, gute Definition! Ekelhaft ist dagegen die als Reklamespruch verwendete Definition: «Liebe ist, wenn es Landliebe ist.» Immerhin fällt mir etwas dazu ein. Ein Ehepaar fährt im Auto nach Neu-Isenburg, denn dort findet ein Konzert des Walzerkönigs André Rieu statt. Der Mann, welcher den Wagen steuert, findet den Abzweig nach Neu-Isenburg nicht und sagt daher zu seiner Frau: «Kannst du mal auf die Karte gucken?» Da sagt die Frau: «Ja gerne» und liest vor: «Mama Concerts & Rau präsentieren André Rieu und seine furchtbar verkleideten Walzergeigenweiber, Einlaß 18 Uhr, Beginn 20 Uhr, Eintritt 128 DM zzgl. Vorverkaufsgebühr.» Und da sagt der Mann: «Karte ist, wenn es Landkarte ist.»

14. 12. 2001

Akzeptiert

Ging das nicht ein bißchen arg schnell? Gerade drei Wohnungen hatte ich in Augenschein genommen, an der dritten Interesse bekundet, und schon war ich «akzeptiert». Ich hatte der Maklerin bei der Besichtigung von meinem Zuhälternachbarn berichtet, und eben sagte sie, sie hätte Rücksprache mit der Hausverwaltung gehalten, wobei ihr versichert worden wäre, daß so jemand dort keine Chance hätte, ebensowenig wie – ich wurde gebeten, das nicht falsch zu verstehen – «Kaftane und Talibane». Mir lag auf der Zunge, daß ich Kaftane eigentlich recht kleidsam fände und ab und zu auch mal einen überzöge, aber ich wollte die freundlichen Umstände lieber nicht durch ironische Bemerkungen verderben.

Nun sitze ich bei der Hausverwaltung in einem Konferenzsaal mit einem Usambaraveilchen auf dem Tisch, damit ich in Ruhe den Mietvertrag lesen kann. Die einzige Besonderheit, die sich mir einprägt, ist eine Klausel, die es untersagt, Staubtücher und Badezimmermatten aus dem Fenster heraus auszuschütteln. Wenn es verboten ist, macht man das natürlich extra.

15. 12. 2001

Schlechtes Gelächter 2

Im Werk des Zeichners Fil gibt es eine unsympathische Figur namens «der Rainer», und die äußert einen schaurigen Satz: «Ich bin ein Mensch, der gerne auch mal lacht.» Fil wird seiner Figur diesen Satz in eher sprach- denn lachkritischer Absicht in den Mund gelegt haben, doch Lachkritik muß endlich auch mal sein.

Wann immer über das Thema Humor populär referiert wird, kommt offenbar unvermeidlicherweise ein Zitat von Charlie Chaplin zum Vorschein, welches besagt, daß ein Tag, an dem man nicht gelacht habe, ein verlorener Tag sei. Diese Aussage ist lästiger alter Käse, unsinnig und unrichtig. Ich kann mich nicht erinnern, heute gelacht zu haben, aber ich war unverdrossen und gut zu Fuß, Menschen waren freundlich zu mir, und ich war freundlich zu ihnen, und ich habe einiges von dem, was ich mir für heute vorgenommen hatte, erledigen können. Es war keineswegs ein verlorener Tag. Man stelle sich auch einen Goldschmied vor: Den ganzen Tag hat er an einer kostbaren Uniformschließe für eine von ihm verehrte Industriespionin gearbeitet. Er ist behende bei der Sache, er tut das, was er immer tun wollte, denn sonst hätte er den Beruf nicht ergriffen, er liebt die Materialien, mit denen er Umgang hat, und freut sich am allmählichen Entstehen von etwas Prachtvollem. Einen Anlaß, in Gelächer auszubrechen, wird er bei seiner Arbeit allerdings nicht haben.

Es ist schön, wenn man über etwas Lustiges lachen kann, aber das Lachen ist nicht an und für sich etwas Gutes. Oft genug ist Lachen von Häme und Selbstgefälligkeit begleitet, Leute werden ausgelacht und damit krank gemacht. Auch der bloße *Klang* des Lachens ist, nüchtern betrachtet, nicht grundsätzlich herrlicher als andere Körpergeräusche wie z. B. Rülpsen. Insbesondere die Raucherlache ist nicht schöner als der Raucherhusten, wenn auch viel häufiger, und rein theoretisch könnte man sogar seine Kinder lieben, ohne immerfort zu behaupten, ihr Gelächter sei ein Himmelsklang.

Ärgerlich ist, daß die Bereitwilligkeit zu lachen meist mit dem Vorhandensein von Humor gleichgesetzt wird. Ich schau mir schon lange die Menschen an und habe nicht feststellen können, daß solche, die mit Humor gesegnet sind, häufiger oder lauter lachen als andere. Vielmehr verhält sich der Humor zum Lachen wie die Musikalität zum Tanzen, und wie töricht wäre es, den, der sich still und aufmerksam ein Konzert anhört, für weniger musikalisch zu halten als den, der sich in einer Disco ausgelassen seiner Freude an Bewegung widmet.

Dem Satz «Es wird zuviel gelacht und zuwenig gelächelt» stehe ich zwiespältig gegenüber. Ich mag seinen «Sound» nicht, es liegt eine stickige Weisheit in ihm, aber inhaltlich bin ich d'accord.

Nicht selten hört man, daß der Humor eine lebensverlängernde Wirkung habe, sogar mehr noch als Sex und langjährige Partnerschaft. Dann hört man wieder, es sei das Lachen, welches den medizinisch günstigen Effekt ausübe. Ja, was denn nun genau? Leben etwa auch die Frauen, die bei Betriebsausflügen alle fünf Minuten gruppenzwanghaft aufkreischen, länger als Leute, die das nicht tun? Das fände ich ungerecht: Erst nerven, dann auch noch länger leben.

Aus Indien, aus dem Umfeld des Yoga, ist vor kurzem eine rein gymnastische Form des Lachens zu uns gekommen, die jedes Humorhintergrundes entbehrt. Am Weltlachtag, dem 5. Mai, versammeln sich die Menschen auf dem Alexanderplatz in Berlin und lachen laut und blöde, stundenlang. Noch sind es nur wenige hundert Teilnehmer, und ich heiße mich hoffen, daß diesem öffentlichen Ereignis eine ähnliche Erfolgsgeschichte wie dem CSD oder der Love Parade versagt bleibt.

Die sprachliche Lage in all diesen Fragen ist unbefriedigend. In engerem Sinne bezeichnet Humor eine bestimmte heitere Lebenseinstellung, eine Gelassenheit, eine Fähigkeit zum Selbsttrost. Eine zentrale Frage in Max Frischs berühmtem Fragebogen zum Humor lautet: «Haben Sie Humor, wenn Sie allein sind?» Genau darum geht es. Wenn man allein ist, tritt die selbsterzieherische Kraft des Humors zutage. Wer Humor hat, hat Distanz zu sich selbst, kann sich von weitem sehen, ist dadurch gegen Wut und Haß zwar nicht gefeit, wird aber nicht von ihnen aufgefressen. Ein kluger Mann sagte mir einmal, Humor sei das Gegenteil von «sich gehen lassen», ich bin aus terminlichen Gründen leider noch nicht dazu gekommen, ausreichend darüber nachzubrüten. Möglicherweise hätte ich andernfalls festgestellt, daß die Aussage zu sehr darauf aus ist, auf verblüffende Weise lebensklug zu klingen.

Zum anderen gibt es den weiteren, populäreren Humorbegriff. Wenn jemand sagt, daß er z. B. den «britischen Humor» liebe, ist damit gewiß nicht gemeint, daß er eine Schwäche für Einwohner Großbritanniens habe, die allein zu Hause sitzen und kraft ihnen innewohnender seelischer Selbstheilungskräfte die Sicht auf ihre mißliche Lebenslage relativieren. Der Begriff Humor entspricht hier eher dem Kino in dem Satz: «Ich bin von jeher ein Freund des französischen Kinos.» Genau wie hier nicht eine Vorliebe für ein bestimmtes baulich schönes Lichtspieltheater gemeint ist, sondern für das französische Filmschaffen an sich, steht auch «britischer Humor» für die Gesamtheit britischer Komikproduktion oder für eine gewisse Art vornehmer Spitzzüngigkeit, anders gesagt für «Witz». Man gerät in Gesprächen zu diesem Thema immer wieder an einen Punkt, an dem die Begriffe heillos durcheinandergeraten. Eigentlich unterscheidet man durchaus zwischen denen, die Humor haben, und denen mit einem Sinn für Komik, also einer Freude an Dingen, die am falschen Platz sind, plötzlich umfallen oder anders aussehen als erwartet, aber in der Umgangssprache werden Humor und Sinn für Komik fahrlässig zusammengelegt zu einem genau betrachtet unsinnigen «Sinn für Humor».

Menschen, die keinen Humor und keinen Sinn für Komik haben, schämen sich manchmal dafür und sagen, sie hätten halt einen «anderen Humor». Ich glaube nicht, daß es allzu viele unterschiedliche Humore gibt. Wenn wir einen tschechischen Witz von 1957 nicht lustig finden, dann liegt das wohl daran, daß wir mit seinem kulturellen und politischen Hintergrund nicht vertraut sind, oder daran, daß er durch veränderte Tabukonstellationen überholt ist. Es bedeutet nicht, daß die Tschechen damals einen völlig anderen Humor hatten als wir hier und heute. Selbst der vielgerühmte «jüdische Humor» verliert viel von seiner Eigenart, wenn er nicht von einem Burgschauspieler mit großer Nase vorgetragen wird, sondern von einem holsteinischen Schulmädchen.

Am längsten lebt man wohl, wenn man sich über diese Dinge gar keine Gedanken macht, und deswegen höre ich jetzt auch auf damit.

17. 12. 2001

Im säuerlichen Taxi

In Celle steige ich in ein Taxi, in dem es säuerlich nach dem ungewaschenen, aber redseligen Taxifahrer riecht. Dazu auch noch akustischer Gestank, nämlich triste Schlagermusik aus dem Radio, und zwar lange Zeit, denn in Celle ist mittags um eins Stau. Andere Leute kennen keine Scheu, Taxifahrer zum Abstellen des Radios aufzufordern, aber ich bring das nicht zuwege. Schließlich gibt es ein Hausrecht. Selbst im Auto. Es gibt, glaube ich, sogar ein Buch namens «Ihr Hausrecht im Auto».

Immerhin ist der stinkende Fahrer so freundlich, mir die Euro-Münzen aus dem seit heute morgen erhältlichen, «Starter-Kit» genannten Probe-Euro-Beutel zu zeigen. Ich darf sogar «mal anfassen». Netterweise nicht den Fahrer, sondern die Münzen. Sie sind etwas leichter, als ich dachte. Und ich hatte schon gedacht, sie könnten schwerer sein, als ich dachte! In Wahrheit habe ich diesbezüglich gar keine Prophezeiungen ausgestoßen, obwohl das Gewicht die einzige unbekannte Größe war. Im Radio heißt es, Leute hätten in der Frühe stundenlang angestanden wegen der Euro-Beutel. Man weiß nicht, was das für Leute sind: vermutlich eine Schnittmenge aus solchen, die vor Hotels herumlungern, wenn ein Hollywoodschauspieler zu Gast ist, und denen, die immer dabei sein müssen, wenn irgendwo eine neue S-Bahn-Strecke eingeweiht wird. Für solche Leute sind auch Sonderstempel sehr wichtig. Wenn man seine Küche renoviert hat und mit dem Ergebnis nicht allein sein möchte, vielmehr begehrt, daß tausend dicke Männer in miefigen Billigpullovern mit riesigen alten Videokameras kommen, muß man nur einen Sonderstempel schnitzen lassen – dann kommen die bestimmt.

19. 12. 2001

In Düsseldorf las ich heute folgenden schönen Text:

Kölner und Düsseldorfer

Wer anderen ungebeten Ratschläge erteilt, macht sich unbeliebt, doch bin ich Manns genug, das auszuhalten. Daher ein dicker fetter Ratschlag an die Bewohner von Köln und Düsseldorf: Wenn ich in eine dieser Städte fahre, möchte ich mich am liebsten im Hotelzimmer verkriechen, damit ich ja niemandem begegne, der mir zum tausendsten Mal erzählt, daß er die jeweils andere Stadt ganz schrecklich findet, denn das ist eine für Außenstehende vollkommen uninteressante Information. Jedem halbwegs gereisten Menschen hängt sie zum Halse heraus. In beiden Städten läßt sich's angenehm in der Kaffeetasse rühren, und beide sind, städtebaulich betrachtet, einleuchtende Beispiele für die These von der Allgegenwärtigkeit Hannovers, aber das ist äußerlich und tut nichts zur Sache. Es kann gar nicht sein, daß das Leben in diesen beiden Städten so langweilig ist, daß ihre Einwohner Leuten von auswärts immer denselben alten Schmarrn erzählen müssen. Daß man massakriert werde, wenn man in einem Lokal die Bierspezialität aus der anderen Stadt bestelle, zumindest scheele Blicke ernte, wenn man ein Pils verlange? Daß kein Kölner je freiwillig nach Düsseldorf fahre und umgekehrt? Dafür sind die Straßen und Züge zwischen den beiden Städten aber erstaunlich voll! Jaja, ich weiß, das sind alles Leute, die von Essen nach Bonn fahren.

Es wäre wünschenswert, daß Düsseldorfer und Kölner endlich aufhören, Besucher mit Hinweisen auf ihre wenig unterhaltsamen Animositäten anzuöden. Andernorts weisen die Menschen ihre Gäste auf Reize und Besonderheiten ihrer Stadt hin, nur in Köln und Düsseldorf kriegt man erzählt, daß die Nachbarstadt blöd ist und was passiert, wenn man das falsche Bier bestellt. Man muß nicht bösartig sein, um das provinziell zu finden.

Kölner und Düsseldorfer sollen nun erfahren, wie Hamburger und Berliner miteinander umgehen. Zwischen den beiden größten deutschen Städten gibt es natürlich auch eine gewisse Konkurrenz. Hamburger finden Berlin im allgemeinen etwas vulgär, sind aber viel zu vornehm, sich dazu zu äußern. Berliner finden Hamburg etwas langweilig, sind aber viel zu beschäftigt, dazu Stellung zu nehmen. Man interessiert sich einfach nicht groß für den anderen, und sollte man sich trotzdem mal begegnen, dann unterdrückt man von Hamburger Seite das Naserümpfen und von Berliner Seite das Gähnen und tut so, als ob man sich freute. Das klappt wunderbar und wird hier zur Nachahmung empfohlen.

20. 12. 2001

Beratung

Am Nachmittag kommt der Umzugsberater von der Speditionsfirma. Er geht rasch durch die Räume, macht mit ausgestrecktem Zeigefinger zählende Armbewegungen und sagt nach knapp zwei Minuten: «140 Kartons!» Auf meine

Frage, ob es richtig sei, den Möbelträgern einige Flaschen Fruchtsaft bereitzustellen, antwortet der Berater: «Nee, keine Fruchtsäfte. Das sind doch keine Intellektuellen. Die trinken Cola.»

Daß das Trinken von Fruchtsaft für ein Kennzeichen von Intellektuellen gehalten wird, amüsiert mich. Ob ich packen lassen will oder selber packe, wird gefragt. «Das mach ich schon selber.» – «Wirklich?» Der Umzugsberater scheint mir nichts zuzutrauen. «Ja, wirklich, das schaff ich schon.» – «Ganz wie *Sie* meinen.»

21. 12. 2001

Unschönes Geld im Anmarsch

Das Comic-Duo Katz und Goldt beschließt zu vorgerückter Stunde, zum Jahreswechsel anstelle des Euros den Schweizer Franken einzuführen, natürlich nur in den Zeichnungen, außerhalb davon würde es sich so etwas niemals anmaßen. Auf einer gemeinsamen Währung ruht sicher mancher Segen, aber der Name Euro hat etwas ordinär Pragmatisches, etwas Brüsselblödes und Duftloses; er läßt an Sitzungen in neonbeleuchteten Sälen voll grauer Teppichböden denken, auf denen weiße Tische mit Stahlbeinen stehen. Da hätten wir schon lieber Franken und Rappen, denn mit sowas in der Tasche reitet man auf Bären durch zinnengekrönte Stadttore, und das hat doch Stil, jedenfalls mehr als die am Computer zusammengewürgten albernen Brücken auf den Euro-Scheinen.

Der Name Euro gefällt sicher denen, die die Sonnenfinsternis vor zwei Jahren Sofi nannten, aus jedem Michael einen Micha und aus jedem Andreas einen Andi machen müssen und gar nicht auf die Idee kommen, daß man ein Handy auch als Telephon bezeichnen kann. «Andi kauft sich für hundert Euro ein Handy.» In einer Welt, in der so gesprochen wird, gibt es Coca-Cola, Nutella und Miracoli. Viel besser wäre der Ernährungsstandard dort, wo man sagt: «Andreas kauft sich für hundert Franken ein Telephon.»

Als vor Jahren noch darüber diskutiert wurde, wie man das gemeinsame europäische Geld nennen solle, gehörte ich zu den gar nicht wenigen, die meinten, es solle Franken heißen. Der Franken ist eine europäische Urwährung, irgendwann gabs überall mal Franken. Doch dann kamen welche und meinten, leider nein, die Finnen und die Griechen hätten in ihrer Geschichte nie Franken gehabt. Daraufhin hätte ich gesagt, ja, wenn sie nie Franken hatten, dann sollen sie wenigstens jetzt welche haben. Stattdessen gibt's nun die in langen Kompromißnächten ausgeschwitzte Bürokratenwährung, die uncharmant ist und die niemand mögen wird, was aber nicht nur das erste, sondern vor allen Dingen das allerletzte sein soll, das ich zu diesem Thema äußere im Leben.

27. 12. 2001

Ab wann im Leben weiß man etwas?

Am Vormittag des Heiligen Abends wurden die Kartons geliefert, worauf ich sofort mit dem Packen angefangen habe. 60 Kartons sind schon voll. Von Weihnachten habe ich überhaupt nichts gemerkt. Doch allmählich ist die Luft raus; ich mag nicht mehr. Warum bloß habe ich das Angebot, von Profis packen zu lassen, nur ausgeschlagen? In den nächsten Tagen kommen befreundete Packhilfen, denen ich gesagt habe, daß sie mit Geschenken und Essenseinladungen wohl rechnen können, aber keineswegs damit, daß ich ihnen als Gegenleistung bei ihren eigenen Umzügen helfe.

Der Ablenkung und Erbauung dient die umfängliche Discothek. Heute höre ich «Die Lieblingsgedichte der Deutschen». Auf dem Flohmarkt gekauft, weil: «Wenn ich schon auf den blöden Flohmarkt gehe, muß ich auch irgendwas kaufen.» Ich schätze Hörbücher im allgemeinen nicht besonders, aber bei monotoner körperlicher Arbeit ist Lyrik gar nicht falsch. Die Aufnahme basiert auf einer Aktion des WDR, bei der die Hörer ihre Lieblingsgedichte eingereicht haben, die auf der CD wie in einer Hitparade, also in der Reihenfolge der Beliebtheit, angeordnet sind. Das beliebteste Gedicht der Deutschen ist «Stufen» von Hermann Hesse. Das kannte ich gar nicht, doch ist es sehr ordentlich. Auf Platz 19 steht die «Todesfuge» von Paul Celan, auf Platz 34 «Die Made» von Heinz Erhardt. Was hätten die CD-Compiler getan, wenn «Die Made» im Hörer-Votum direkt nach «Die Todesfuge» gekommen wäre? Hätten sie die authentische Reihenfolge respektiert oder irgendwie geschummelt, um dem harten Bruch in der Stimmung auszuweichen? Zum Spaß programmiere ich den CD-Spieler so, daß die beiden Texte hintereinander kommen, und das Ergebnis ist nicht so, daß der Himmel kracht, die Stube schwarz wird und man vor Scham vom Stuhl fällt. Man merkt nur, daß die «Todesfuge» viel besser als «Die Made» ist, besonders wenn letztere von ihrem verklemmten, sich selbst infantilisierenden Autor vorgetragen wird. Ich hätte als Compiler «Die Made» weggelassen, denn die verdirbt die ganze CD.

Die Gedichte von Paul Celan habe ich mit ca. vierzehn beim Stöbern in der Stadtbücherei entdeckt und fand sie sofort wunderbar. Das Rätselhafte war mir stets eine Stütze in meiner ereignisarmen Jugend gewesen. Ich kannte den Hintergrund der Celan-Texte nicht, und so las ich sie «oberflächlich», ganz dem schönen Schimmer ergeben, also genau so, wie ich mich zum Beispiel an den Songtexten von Marc Bolan erfreute.

> I'm the King of the highway
> I'm the Queen of the hop
> You should see me
> at the Governor's ball
> Doing the rip-off bop
> I'm a social person
> I'm the creature in disguise
> There's a man with a whip
> On his silver lip
> Living inside my eyes

> Schimmelgrün ist das Haus des Vergessens.
> Vor jedem der wehenden Tore blaut dein
> enthaupteter Spielmann.
> Er schlägt dir die Trommel aus Moos und
> bitterem Schamhaar;
> Mit schwärender Zehe malt er im Sand deine Braue.

Der Mann, der mit einer Peitsche auf seiner Silberlippe in Marc Bolans Augen wohnte, und der blauende, enthauptete Spielmann, der auf eine Trommel aus bitterem Schamhaar schlägt, kamen für mich mit vierzehn aus derselben Welt, aus einer Welt, die schön war, weil wilder als meine.

Später erzählte mir ein Lehrer, daß Paul Celan seine Gedichte geschrieben habe, um seine Erfahrungen im Konzentrationslager zu verarbeiten. Diese Information verleidete mir die schönen Texte vorübergehend. Gewiß war mir aufgefallen, daß in ihnen häufig vom Tod die Rede ist, aber es gab ja schon Black Sabbath und andere düstere Musik, und den Tod, der ein Meister aus Deutschland ist, hatte ich mir als eine Art Heavy-Metal-Skelett vorgestellt, das auf einer Harley durch die Nacht braust. Vom Lehrer aufgeklärt, empfand ich es nun als unpassend, Freude an Gedichten zu haben, hinter denen leidvolles Erleben steht. Wie konnte ich mich nur an deren Sprache aufgeilen? Ich sah in mir einen unwürdigen Leser und legte den Celan beiseite. Etwas später dachte ich: Hätte er nicht auch ohne seine grauenvolle Erfahrung so gute Gedichte geschrieben? Wird man denn vom Lebenslauf in die Kunst geschubst? Kommt die Kunst nicht von ganz allein, auch wenn man nur im Wohnzimmer sitzt und Grauenhaftes nicht geschieht? Kommt die Kunst allmählich und bröckchenweise, oder fällt sie einen an wie ein Grizzly am Yukon? Ist Kunst ein Fluchen und Fauchen oder ein Unterdrücken von Fluchen und Fauchen? Sind meine Fragen schlapp und nicht wichtig? Sind sie, was man so denkt, wenn man nichts weiß, und ab wann im Leben weiß man etwas?

2. 1. 2002

Erste Besorgungen

Euros holen für die Möbelpacker als Trinkgeld, dann Cola holen für die Möbelpacker zum Trinken.

3. 1. 2002

Schnelle Männer

Punkt sieben in der Früh rückt die Fünfmannkolonne an. Es scheint im Umzugsgewerbe nicht üblich zu sein, daß man den Kunden «erst einmal ein bißchen kennenlernt» oder «beschnuppert». Ohne jedes Vorgeplänkel wird rauszuschleppen angefangen, was rauszuschleppen ansteht. Zu meiner Überraschung beginnt man nicht mit den Kisten, sondern schafft als erstes die Stühle nach unten. Ein Stuhl muß vor den Männern in Sicherheit gebracht werden, denn ich will noch ein paar E-Mails versenden und habe den Computer extra noch nicht entkabelt. Ich dachte, die Chose wird ja ein paar Stunden dauern, und ehe ich den Leuten im Wege stehe und immerzu «Vorsicht! Vorsichtig bitte!» rufe, sollte ich lieber lässig am Computer sitzen und einen unaufgeregten Eindruck machen.

Besondere Mitteilungen habe ich nicht zu versenden, eher so Sachen wie: «Hallo, ich ziehe gerade um. Ja, jetzt gerade, in diesem Augenblick. In der Werbung sieht man immer, wie hypermobile junge Leute von heute unmittelbar nach dem Einzug zwischen Kartons sitzend mit der modernen Kommunikation beginnen, aber das ist unrealistisch – es wird bestimmt zwei Wochen dauern, bis das T-DSL in meiner neuen Wohnung funktioniert. Aber E-Mails zu versenden, während einem die alte Wohnung gerade ausgeräumt wird, ist sicher auch nicht völlig unschick. Ich erwarte deine Antwort per Postkarte oder körperlich, mit Händen willig zum Kistenauspacken.»

Die Kolonne ist heterogen: einer vom Typ «Ringer aus Aserbeidschan», zwei vermutlich ehemalige Studenten, die bei dem Job hängengeblieben sind, und zwei Kolosse, die man in anderem Zusammenhang vielleicht als «typische Berliner Prolls» bezeichnen würde, aber ich finde diesen Ausdruck ungehörig für Männer, die gute und notwendige Arbeit leisten, zumindest in dem Moment, in dem sie diese Arbeit tun. Das viel zu oft gehörte Wort «Proll» bezeichnet ja nicht den Arbeiter in seiner Berufstätigkeit, sondern als Freizeitwesen, und daß manche jüngeren Leute sich selbst als «Proll» bezeichnen und einen rechten Proll-Kult betreiben, tut nichts zur Sache. So unbedenklich ich es finde, daß Homosexuelle sich selber als Schwule bezeichnen, so falsch schien es mir immer, zuzulassen, daß andere das tun. Ich stehe mit dieser Ansicht allein auf weiter Wiese, doch die Gleichgültigkeit gegenüber dem Sprachgebrauch der Mehrheit, deren Toleranz man mit Wachsamkeit und Vorsicht genießen sollte, wird sich noch rächen.

Die Herren sind unglaublich schnell, dabei auch noch erfreulich wenig grantig, und um halb zwölf ist alles in den beiden Möbelwagen. Ich möchte sie zum Essen in die gegenüberliegende Pizzeria einladen, aber sie zieren sich und schieben sich lieber schnell eine Wurst rein. Um 14 Uhr ist das komplette Gelumpe in der neuen Wohnung. Ich bin begeistert und gebe weit mehr als die 20 DM Trinkgeld pro Mann, die mir der Umzugsberater als «ortsüblich» empfahl.

4. I. 2002

Neu im Haus

«Top-Stuck», «Ikea-Nähe», «Trendwohnen in Stalinbau», «Ruhigst-Idyll» – diese Begriffe sind mir aus der Zeit, in der ich die Anzeigen im Immobilienteil der Tageszeitung studierte, wortschatzbefruchtend in Erinnerung geblieben. Eine Wohnung, die mit dem Hinweis auf die Nähe zu Ikea angepriesen wird, dürfte allerdings recht arm an echten Kostbarkeiten sein. Es stört mich also nicht, daß ich nicht über Ikea-Nähe gebiete. Auch den Top-Stuck vermisse ich nicht. Empfindlicher trifft mich das Nichtzutreffen des Ruhigst-Idylls.

Die Maklerin hatte den Besichtigungstermin sehr wortreich gestaltet. Auf eine Stelle neben der Badewanne zeigend, hatte sie gesagt: «Hier würde ich so ein Korbschränkchen für Handtücher hinstellen, es gibt da ganz süße Schränkchen, extra für Badezimmer, aber *im Endeffekt* bleibt Ihnen das natürlich selbst überlassen.» Mehrfach wurde auf die trotz der zentralen Lage große Ruhe in der Wohnung verwiesen, was ich nur bestätigen konnte. Dummerweise war die Besichtigung an einem Sonntagnachmittag gewesen.

Jetzt jedoch rumoren die Motoren. Obendrein wohnt über mir Godzilla. In der mir typischen Bereitschaft, etwas «anzunehmen», nehme ich an, Godzilla ist eine Dame. Es gibt eine Sorte von Dame, die es liebt, auch in der eigenen

Wohnung hochhackige Straßenschuhe zu tragen, damit sie sich eines weiblich selbstbewußten Ganges vergewissern kann, wenn sie an einem Spiegel vorbeigeht. Ich stelle mir meine Godzilla-Dame fünfzigjährig und langmähnig vor. Vermutlich war sie in den Jahren ihres Beginnens fahl und bescheiden, hat dann jedoch zwanzig Jahre lang selbstbewußtseinserweiternde Ratgeber gelesen, was dem Charakter nicht weiterhalf, aber die Königin in ihr erweckte, und die hat überall Spiegel aufgehängt, damit sie in keinem Moment der Sicht auf die eigene reife Erotik entraten muß.

Nun schreitet sie als geballte Persönlichkeit durch ihre Räume, vor jedem Spiegel die Haare in den Nacken werfend, und daß ihr das auf Auslegeware weniger Spaß machen würde als auf Parkett, kann ich verstehen. Vom Vertreter-Eiweiß abgesehen: Auslegeware ist toter als Elvis. Hat man einfach nicht mehr. In jedem Werbespot scheint Sonne aufs schimmernde Parkett, auf Stäbchenparkett für die jüngere Zielgruppe, auf Fischgrätparkett für die ältere. Einzelne hochwertige Teppiche setzen Akzente, doch die späterwachte Königin vier Meter über mir will keine Akzente setzen, sondern auf ganzer Strecke gleichmäßig trampeln.

Eine alte Mietshausregel besagt, daß man sich bei Neueinzug innert einer Woche zumindest bei den Hausbewohnern vorstellt, die direkt neben, über und unter einem wohnen. In kleineren Orten, habe ich gehört, kursiert man sogar mit einem Tablett voller Schnapsgläschen durch die Nachbarschaft. Ich könnte nun bei der Trampeltante vorsprechen mit einem Tablett, auf dem statt Schnapsgläschen ein durch eine rosa Schleife zusammengebundenes Paar Hausschuhe steht, aber ist es denn ratsam, so rasch deutlich zu werden? Lieber warten, bis man den Leuten zufällig im Treppenhaus begegnet. Ich weiß ja auch gar nicht, was die Nachbarin für eine Schuhgröße hat. Den Geräuschen nach zu urteilen, Größe 248, aber da räuspert sich kritisch die Lebenserfahrung, sie räuspert sich und sagt, dies sei nicht recht wahrscheinlich.

Das Vorstellen im Haus scheint eh aus der Mode zu geraten. Im letzten Haus, in dem ich wohnte, ist mein Rundgang jedenfalls überhaupt nicht gut angekommen. Mehrere Parteien haben mich behandelt wie einen Staubsaugervertreter; keine Spur von «Herzlich willkommen in unserer Hausgemeinschaft» oder «Hoffentlich erleben Sie in diesem Haus Ihren bislang befriedigendsten Lebensabschnitt». Eine Frau sagte wortwörtlich: «Ich hab das zur Kenntnis genommen, aber ich hab jetzt keine Zeit.» Ich bin seither kuriert vom Vorstellen. Mit mittlerem Herzklopfen vor einer fremden Wohnungstür stehen, wenigstens ein routiniert entgegenkommendes Interesse erwartend, und auf nichts als bürohexenartige Zurkenntnisnahme stoßen: Dies bitte nicht noch einmal.

5. 1. 2002

Hitzköpfiges Bürgerbewußtsein

Möglicherweise trägt die Dame über mir aber *aus Prinzip* keine Hausschuhe, weil sie diese für *spießig* hält. Es fallen die unschuldigsten und nützlichsten Gegenstände in Ungnade, wenn ihnen, oft ganz gedankenloserweise, die Stellvertreterschaft für eine abgelehnte Lebensform aufgedrängt wird.

Ich selbst habe vor einigen Jahren als meine persönlichen Inbegriffe von Spießigkeit den Verzehr hartgekochter Eier in Eisenbahnen, Gulaschsuppe mit Sahnehäubchen und Kongregationen orthodoxer Elvis-Presley-Verehrer genannt. Später fügte ich dieser Liste noch lederne, mit Staatswappen in Goldprägung versehene Reisepaß-Schutzhüllen hinzu. «Wo in aller Welt sieht man denn etwas derartig Scheußliches?» wurde ich daraufhin einmal gefragt. Ich antwortete: «Wenn man von Berlin nach Wien fliegt, stehen Leute mit solchen Schutzhüllen beim Check-in regelmäßig vor einem.»

Nähert man sich dem abgelebten Begriff der Spießigkeit in der Absicht von Definition, wird man wohl neben einem Mangel an Bildung sowie der unerschütterlichen Vorstellung, der eigene mäßige oder auch größere Wohlstand sei ausschließlich eigenem Fleiß und Geschick zu verdanken, und einem sich geradezu kämpferisch gebenden Unwillen, eigene Normen zu überprüfen, auch einen naiven, wiewohl oft hitzköpfigen Untertanenstolz oder, milder gesagt: ein ebenso gestaltetes Bürgerbewußtsein berücksichtigen müssen. Insofern scheint mir die Befürchtung, daß ein staatsbürgerliches Dokument abgenutzt und speckig aussehen könnte, ein besseres Indiz für Spießigkeit zu sein als die Angst vor kalten Füßen oder davor, andere Leute durch Trittschall zu belästigen, d. h. als das Tragen von Hausschuhen.

In den achtziger Jahren hatte ich einen Reisepaß, der aussah wie durch Jauche gezogen. Ich hatte ihn aber nicht – etwa um Autoritätsferne vorzuzeigen – absichtlich beschädigt. Ich mußte bloß, als Bewohner West-Berlins, häufig die Transitstrecke nach «Westdeutschland» oder «Wessiland» benutzen, wie wir damals leider tatsächlich sagten. Man mußte den Paß an der Grenze einem in einem

Kabuff hockenden Grenzer aushändigen, worauf er durch eine dreckige Rohrpostanlage oder auf einem madigen Fließband zu einem anderen Beamten in einem hundert Meter weiter gelegenen, anderen Kabuff transportiert wurde. Die Grenzbeamten der DDR machten selbst ebenfalls oft einen ungewaschenen Eindruck. (Heute kann man's ja sagen.)

6. 1. 2002
Der erneuerte Spießer

Die Lieblingsfigur des Kabarettisten alter Schule ist «der Spießer». Eigentümlicherweise stellen sie aber selten dessen heutige Ausprägung dar, sondern Figuren aus der Erinnerung an ihre Kindheit, Kleinbürger mit den Attributen der fünfziger und sechziger Jahre, die in Wohnzimmern mit fransigen Stehlampen und dem bereits vor dreißig Jahren zu Tode karikierten «röhrenden Hirsch» über dem Sofa leben – Männer in mausgrauen Anzügen, die mit Krankenkassenbrillen auf der Nase und Brillantine im Haar, Thermoskannen voll Hagebutten-Tee in braunen Lederaktentaschen umhertragend, über die Regierung schimpfen. In der Realität gibt es diesen Typus kaum noch. In einer Welt, in der sich alles wandelt, in der es «New Work» und sogar «New Coffee» gibt, hat sich auch der Spießbürger neue Facetten angeeignet.

Was zeichnet also den «New Petty Bourgeois» aus? Zunächst einmal eine profane, dem Heimwerkertum entlehnte Einstellung zum Sex. Wo in alter Zeit gebastelt und geschreinert, die Modelleisenbahnanlage zur Vervollkommnung gebracht wurde, packt man heut die Videokamera aus und verewigt Sack und Vulva. Der Laubenpiepergemütlichkeit frönt man lieber im Swinger-Club als in der Kleingartenkolonie. Daß Sexualität sich öffentlich einmal vorrangig als ein zubehörintensives Hobby der Unterschicht präsentieren würde, haben die Wegbereiter sexueller Befreiung nicht vorausgeahnt. Wenn ich mir als Jugendlicher vorstellte, was wohl eine Domina sein könnte, kam mir eine geheimnisvolle Frau in den Sinn, die Unerhörtes tut; heute dagegen schwebt einem eine ordinäre Frau aus der Nachbarschaft vor, die die Zähne fletscht und mit verstellter Stimme dummes Zeug redet. Der Ursprung dieser amateurpornographischen Massenbewegung liegt meines Erachtens in Österreich, aber Deutschland hat gut aufgeholt.

Gesellschaftsfähig wird Pornographie aber niemals werden. Auch ihr Vorläufer, die Modelleisenbahn, war nie wirklich gesellschaftsfähig.

Eine zweite Eigenheit des Neuen Spießers ist eine zügellose Larmoyanz das Wetter betreffend. Wettergenörgel wird es immer gegeben haben, aber seit es billige Urlaubsflüge für jedermann gibt, kommt die Empfindlichkeit gegenüber einem bedeckten Himmel einem wahren Volksirrsinn gleich. Man erinnere sich: Im Jahre 2000 waren Mai und Juni fast durchgehend warm und sonnig. Im Juli wurde es dann für einige Zeit etwas kühler. Sofort heulten aus allen Ecken die Spießer, wann es denn endlich mal Sommer werden würde in Deutschland, daß man es hierzulande kaum aushalten könne, daß man über kurz oder lang depressiv werde, weil ja immer alles grau in grau sei. Wenn es nach dreiwöchigen Trockenperioden, in denen das Radio immerfort «Waldbrandstufe 4» ausruft, mehr als einen Tag lang regnet, wird man von der Hauswartsfrau für einen Ausbund an Arroganz gehalten, sollte man auf ihre Klage, in Deutschland regne es einfach immerfort, nüchtern erwidern, daß dies der erste Niederschlag seit drei Wochen sei.

«Ja ihr, ihr habt gut reden», würde die Hauswartsfrau in sich rein murmeln, «wir, die kleinen Leute, müssen Tag für Tag durch das schlechte Wetter zum Container gehen, um unsere Schnapsflaschen loszuwerden, aber ihr intellektuellen Besserwisser sitzt vor euren gutgeheizten Bücherwänden und kackt Korinthen», und man darf keine Hoffnung darauf verschwenden, daß der Hauswartsfrau noch einfällt, daß es eigentlich keine besondere intellektuelle Leistung ist, das Wetter auch über einen längeren Zeitraum korrekt wahrzunehmen.

7. 1. 2002

Zwei Männer nie mit Strohhalmen

Jedes Jahr, Ende März oder Anfang April, wenn es das erste Mal «so richtig schön» ist, fahren Kamerateams der regionalen TV-Magazine in die Innenstädte und filmen, wie Leute am Rande eines Brunnens oder im Straßencafé sitzen und Eis schlecken. Jedes Jahr fischen sich Tausende von Fotografen je zwei junge Mädchen aus der Menge und fotografieren die beiden, wie sie mit zusammengesteckten Köpfen, die Sonnenbrillen auf die Stirn geschoben, mit *zwei* Strohhalmen aus *einem* Glas trinken und in die Kamera lächeln. Die Bildunterschrift lautet immer: «Nadine und Meike genießen die ersten Sonnenstrahlen des Jahres», obwohl man leicht feststellen könnte, daß die Sonne im betreffenden Jahr bereits an 24,5 Tagen fleißig geschienen hat, und niemals würden sie zwei junge Männer fotografieren, die mit zwei Strohhalmen aus demselben Glas trinken, oder gar zwei alte Männer. Niemand würde merken, wenn in den Magazinen die Frühlingsszenen vom letzten Jahr noch einmal Verwendung fänden, aber sie werden jedes Jahr neu produziert, genauso wie die Bilder von empörtem Volk an der Tankstelle. Nach jedem «Benzinschock» werden neue Autofahrer gefilmt, wie sie die immer gleichen Klagen äußern über den kleinen Mann, der die Melkkuh der Nation ist, weil er mal wieder ausbaden muß, was die da oben ausgefressen haben. Die Zuschauer würden merken, wenn man Archivmaterial verwendet, sagen die TV-Redakteure vermutlich, schon an der sich ändernden Mode. Das glaube ich nicht. In Paris oder Mailand mag die Mode zweimal im Jahr wechseln, an deutschen Tankstellen nicht. Es reicht vollkommen, wenn man alle fünf bis sieben Jahre neue Interviews dreht. Da aber jedes Mal neu gefragt und geklagt wird, wäre anzuregen, das vorhandene Material mal auf ganzer Strecke zu nutzen und in einem Programmkino eine «Lange Nacht des Benzinschocks» auszurufen, in der die erbostesten Tankenden der letzten dreißig Jahren gezeigt werden.

8. 1. 2002
Are we crazy for taking the bus?

Ein guter Mann will heute mit mir zu einer Veranstaltung ins Alliiertenmuseum gehen. «Wie kommt man denn da hin? Mit dem Bus? Wie morbide! Kennst du denn nicht das Lied *You're crazy for taking the bus*? von Jonathan Richman? Oder die Folge der Simpsons, in der Lisa ins Museum will und entgegen allen Familienüblichkeiten den Bus nimmt, worauf sie natürlich in einer entsetzlichen Gegend landet, wo brennende Autoreifen herumliegen? Mit dem Bus fahren doch nur Schwarze! Okay, du meinst, in Deutschland ist das nicht ganz so. Gut, nehmen wir den Bus.»

Es kommt noch dicker: Man muß vom 110er in den 115er *umsteigen.*

Am Elsterplatz.

«Umsteigen! An nie zuvor gehörten Plätzen! Geht das nicht ein bißchen weit? Ich bin ja sehr fürs Abenteuerliche, auch für urbane Frivolitäten, für Grubenfahrten ins Unterbewußtsein, aber so etwas habe ich ja seit meiner Schulzeit nicht gemacht. Dort mußte ich täglich von ‹der Neun› in ‹die Acht› umsteigen. In der Stadt meiner Kindheit hießen die Busse ‹die›, in Berlin ‹der›, weil: die Linie, der Bus – Nuancen. Zehn Minuten mußte ich immer warten, und zwar vor dem Schaukasten eines ‹Aufklärungskinos›, in dem all die Lederhosenfilme liefen, die dann in der Frühzeit des Privatfernsehens Sonnabendabend auf SAT 1 kamen.

In der Großstadt bin ich nie wieder von einer Buslinie in eine andere gewechselt. Mit der S-Bahn fahren und dann in einen Bus steigen, das mochte angehen. Oder mit einem Bus zu einer U-Bahn-Station fahren – kein Problem, trank man halt vorher einen Bad Heilbrunner Nerventee. Aber von einem Bus in einen anderen umsteigen, das klappt doch nie, das kann und wird nicht zu einem gesunden Erfolg führen! Wir werden irgendwo stranden, in ‹Hottengrund› oder ‹Lankwitz, Kirche› oder was auch immer als Zielangabe an diesen Bussen dransteht, und wir werden unrasierte Männer in Hosen mit Gürtelschlaufen, aber ohne Gürtel fragen müssen, wie man in die Stadt zurückkommt, und noch Glück haben, wenn die wissen, welche Stadt wir überhaupt meinen.

Müssen wir so dekadent sein? Was trägt man überhaupt in so einem Bus? Straßenanzug, also Tenue de ville? Ob auch Kombination erlaubt ist? Oder gar casual wear? Jeans also? Früher im Bürgertum kam es ja vor, daß sich zwei Damen in gleicher Abendtoilette auf einem Ball begegneten und französisch kreischend auseinanderstoben. Hoffentlich passiert nicht Entsprechendes im Bus, daß ich da also in Jeans aufkreuze und ein anderer Passagier trägt auch Jeans und brüllt mich an, wie ich das wagen könne, in deftigem Dialekt. Französisch können die ja heute nicht mehr. Und dann feuert er per Mobiltelephon seine Schneiderin. Aber vielleicht ist das unwahrscheinlich. Der egalitäre Geist der Freizeitkonfektion steht solchem Gedankenspiel entgegen.»

9. I. 2002

Daß sich Träume an- und abstellen lassen

Um sechs Uhr morgens erwache ich durch ein unregelmäßig wiederkehrendes Geräusch. Es klingt wie ein Schlag auf ein Blechteil mit einem Schraubenschlüssel, es muß irgendwas mit der Heizung zu tun haben, denn es klingt lauter, wenn ich am Heizkörper horche. Geheimnisse einer neuen Wohnung. Mir fällt ein, daß meine Wohnung nicht nur Geheimnisse hat, sondern auch ein Gästezimmer, und ich beschließe, mich dorthin umzubetten. Im Gästebett träume ich wild.

Ich bin normalerweise kein großer Traumaufschreiber.

Ich habe es eine Zeitlang getan, empfand die aufgeschriebenen Träume beim späteren Lesen aber als albern und ausgedacht klingend und dachte dann, wenn sie eh ausgedacht klingen, braucht man sich nicht schlaftrunken an den Schreibtisch zu zwingen, sondern kann sich im wachen Zustand, wenn man z. B. eh gerade am Schreibtisch sitzt, wirklich welche ausdenken: Ich kletterte auf eine Linde, und oben im Baum saß Frau Borowka, die verhaßte Retusche-Lehrerin aus meiner abgebrochenen Fotografenausbildung. Die gibt mir ein altes Hochzeitsfoto. Die Eheleute auf dem Foto sind Mick Jaggers erste Gattin Bianca und Reichspräsident von Hindenburg. Das Foto ist natürlich stark bekleckert, denn Retuschelehrerinnen geben einem immer extra bekleckerte Fotos, da man die Kleckse ja wegretuschieren soll, was übrigens die hinterletzte aller möglichen Tätigkeiten ist. Ich steige von der Linde runter, schaue noch einmal hoch und bemerke, daß die Linde gar keine Linde ist, sondern der Zehnmetersprungturm im Freibad von Göttingen-Weende. Ob ich mir diesen Traum ausgedacht oder ihn tatsächlich mal geträumt habe, ist vollkommen egal.

Der Volksmund sagt allerdings, daß der erste Traum, den man in einer neuen Wohnung hat, in Erfüllung geht. Daher bin ich um halb neun zum Schreibtisch getrottet.

Hier nun mein erster Traum in der neuen Wohnung: Ich war in einem Gebäude zugange, das etwas mit einer autoritären Sekte zu tun hatte. Es gab ein Gerücht, daß man irgendwo in dem Gebäude zur Willensbetäubung «besprüht» wird. Da fuhr ich mit dem Fahrstuhl durch das Gebäude und drückte auf den Halteknopf für Etage drei. Ein Mann rief: «Nicht so lange drücken!» und wedelte sich mit der Hand vorm Gesicht herum. Da wußte ich: Man wird besprüht, wenn man auf den Knopf zum dritten Stock drückt. Ich wollte losgehen und diese Information weitergeben, wachte aber vor lauter Aufregung auf.

Ich beschloß, gleich wieder einzuschlafen, um zu erfahren, wie es weitergeht.

Bewußt herbeigeführte Traumverlängerungen gelingen ja erstaunlich oft. Leider träumte ich erst einmal, daß ich neben meinem Gästebett eine Wasserleitung mit einem kleinen Waschbecken hätte. Ich dachte: Da hast du ja wirklich eine tolle Wohnung gemietet, jetzt brauchst du nachts gar nicht mehr ins Bad zu gehen, wenn du Durst hast. Weil ich aber merkte, daß dies nicht war, was ich träumen wollte, wachte ich mutwillig wieder auf und versuchte eine neuerliche Fortsetzung des Scientology-Traums. Ich befand mich auf der Flucht zum Bahnhof, denn es war offenbar «nicht so gut» gewesen, daß ich herausgefunden hatte, wie man besprüht wird. Der Weg zum Bahnhof sah aus wie eine Promenadenmischung aus dem Weg vom Hotel Meranerhof zum Bahnhof von Meran und dem Weg vom Brüder-Grimm-Hotel in Hanau zum Bahnhof ebenda. Auf dem Traumbahnhof wurde ich von jemandem «mitgenommen». Alsdann befand ich mich gemeinsam mit Leuten in Gefangenschaft, von denen ich nicht wußte, auf welcher Seite sie standen. Man reichte «Katzenzungen», die aber mit der Post verschickt worden waren, d. h. die Schokolade war zerbrochen und mit weißem Belag versehen, was aber, wie ein der Packung beiliegendes Zettelchen versicherte, keine Qualitätseinbuße darstellte.

Um halb neun erwachte ich dann letztmalig für diesen Tag und raffte mich mit bleiernen Gliedern zum Schreibtisch auf. Nach der Niederschrift fragte ich mich, welches Detail in diesem Traum denn bitteschön in der Lage sein könnte, in die Realität überzutreten? Ich hoffe, das mit dem Waschbecken neben dem Bett.

10. 1. 2002

Gesellschaftskritik

Bezüglich meiner kürzlich getanen Äußerung zur volkstümlichen Intoleranz gegen die Abwesenheit von Sommerhitze wird vielleicht mancher Kenner bemerken, daß ich mich ganz ähnlich schon einmal vor dreizehn Jahren geäußert habe, in einem Stück namens, wie hieß das Stück noch?

«Der Sommerverächter» hieß der Text, erwidere ich, es war ein gesellschaftskritischer Text, und Gesellschaftskritik bedarf der Wiederholung, um sich einzuprägen. Eigentlich müßte man jedes Jahr einen solchen Text schreiben.

Allerdings darf Kritik auch nicht so penetrant sein, daß die Menschen sich von ihr mehr genervt fühlen als von dem Mißstand, der beklagt wird. Die Mobiltelephone verdanken ihre große Verbreitung vielleicht auch dem Umstand, daß die Kritik an ihnen zu früh und zu massiv auftrat. Die große Zeit der Handy-Witze war die Mitte der neunziger Jahre, als nur recht wenige Leute ein solches Gerät betrieben.

Wie fast schon vergessen zu sein scheint, herrschte damals ein durchschlagender Konsens darüber, daß das Handy ein Aufschneiderwerkzeug sei, das kein Mensch wirklich brauche. Als sich das mobile Telephonieren dann vier, fünf Jahre später *tatsächlich* zu einer Plage entwickelte, galt die Kritik daran als überholt und unoriginell und daher nicht mehr wert, geäußert zu werden.

Ich bin übrigens der einzige Mensch, den ich kenne, der es immerhin für möglich hält, daß Mobiltelephone auch mal wieder aus der Mode kommen. Weil solches Gedankengut einsam machen kann, rede ich nicht groß darüber.

11. 1. 2002

Forderung einer Dösenden

Ein Gewinnspiele veranstaltender Berliner Dudelsender kam auf die Idee, in der U-Bahn an der Innenseite der Waggonfenster selbstklebende Folie mit aufgedruckten Denkblasen anzubringen, so daß es aussieht, als ob derjenige, der unter der Denkblase Platz nimmt, das, was in der Denkblase steht, denkt. Ein sehr schönes Bild bot sich mir heute. Eine umfangreiche türkische Matrone saß dösend da und «dachte»:

«Hey, Jan Hahn von Energy 103,4: Her mit der Million, aber zacki zacki dalli dalli!»

18. 1. 2002

Vermeintlicher Metzger sieht fern

Auf Lesereisen habe ich es mir zum Ritual gemacht, daß ich, bevor ich gegen halb sieben vom Veranstalter abgeholt werde, mich für eine halbe oder knappe Stunde aufs Bett lege und fernsehe. Auf den meisten Kanälen kommen um diese Uhrzeit Berichte über Frauen, die sich die Brüste vergrößern lassen, damit sie zu mehr Anerkennung in ihrem offenbar hochkarätigen Freundeskreis gelangen. Ich bevorzuge es, mich von der Soap «Verbotene Liebe» verwöhnen zu lassen. Oft hört man, die Schauspieler in dieser Art Serie seien ungebildete Sabbertrampel ohne Aura, die auswendiggelernte Textbrocken unverstanden herunterleiern. Das kann ich nicht bestätigen. Es sind alles solide, naturgemäß manchmal unerfahrene Kräfte. Sie spielen bloß dem Genre angemessen, d. h. eben soapig, also überdeutlich. Die Serie spielt in Düsseldorf, deswegen wird zwischen die Spielszenen häufig ein Bild des Rheins eingeblendet, darauf ein Binnenschiffahrtskahn, im Hintergrund der auf Menschen, die in Städten mit normalen Fernsehtürmen wohnen, immer etwas kastriert wirkende Düsseldorfer Fernsehturm. Das Serienpersonal ist reich, zum Teil von Adel, nicht aber die herstellende Firma, weswegen die Adeligen nicht inmitten von Erbstücken aus dem Biedermeier wohnen, wie sie es im echten Leben tun, sondern in billigem Zeug vom Möbeldiscounter. Auch sonst ist Schmalhans Produktionsassistent. Massenszenen werden mit zehn bis fünfzehn Statisten gedreht, selbst Verleihungen von

Filmpreisen. Schön ist es, wenn in einer der hier besonders häufigen Vernissagenszenen von einem Raum in den anderen gegangen wird und im zweiten Raum die gleichen Statisten wie im ersten stehen, nur mit anderen Jacken und Kopfbedeckungen.

In den beiden Lokalen, in denen man in dieser Serie sitzt, laufen stets Single-Hits aus den aktuellen Charts, und obwohl die Figuren sich immerzu darauf konzentrieren, tragische Mißverständnisse aufzuklären oder neue in die Welt zu setzen, sind sie von den Hits dermaßen beeindruckt, daß sie sofort, was aber nie gezeigt wird, zum Medienmarkt laufen und sich die Platten kaufen. Denn in den Wohnungen, die ebenso grell ausgeleuchtet sind wie die Lokale, laufen ebenfalls ununterbrochen aktuelle Single-Hits, außer es bahnen sich gerade neue Lebenseintrübungen an. Dann gehen die CD-Player von ganz alleine aus, und es kommen stimmungsuntermauernde Auftragskompositionen.

Schade nur, daß Clarissa nicht mehr dabei ist. Dies war eine schöne Dame mit Ebenholzhaar, die unglaublich böse und intrigant war, später jedoch, wohl infolge eines Unfalls, den ich, weil ich nicht auf Tour war, nicht miterlebte, plötzlich herzensgut wurde, nach einiger Zeit indes wieder diabolisch und eines Tages schließlich zu allem Überfluß auch noch vom Allmächtigen heimgerufen, was ich aber auch verpaßte. Sonst gefällt mir alles an dieser Serie. Zu Hause würde ich sie mir trotzdem nie ansehen, denn wenn der Fernseher erst einmal an ist, geht er möglicherweise nicht von allein wieder aus, und am Ende sitzt man da, und mir nichts, dir nichts ist es elf. Im Hotel besteht diese Gefahr nicht: Um 18.30 klingelt die Rezeptionistin und sagt, der Herr Soundso vom Schlachthof sei da und möchte mich schlachten, Entschuldigung, sie meine natürlich: abholen. Die Orte, in denen ich auftrete, heißen erstaunlich oft Schlachthof. Sieht man einen Tourneeplan von mir, könnte man denken, da ist ein Metzger unterwegs.

19. 1. 2002

Die Arme

Ich sehe Christina Rau, unsere «First Lady», im Fernsehen, und wie so oft habe ich Mitleid mit ihr. Es ist absolut anmaßend von mir, daß ich sie bemitleide, doch sie schaut immer so. Natürlich ist die Frau an der Seite des Ersten Mannes im Staate auf Mitleid nicht angewiesen, schon gar nicht auf meines, denn wer bin ich denn? Ich bin nur ein ehrliches Kräutlein am Rande eines Weges, der zu einem großen Garten führt, ein Hirtentäschelkraut. Gerade deswegen jedoch kann ich Mitgefühl für sie empfinden, weil sie mir auch ein Hirtentäschelkraut zu sein scheint. Wenn sie zufällig neben mir wüchse, würde ich zu ihr sagen: «Schauen Sie, Christina, wir Hirtentäschelkräuter werden zwar nie auf der Orchideenausstellung in Punta del Este gezeigt werden, dafür macht es uns nichts aus, wenn Panzer über uns hinwegfahren oder das Giftspritzenauto uns bespritzt, wir sind nicht stark, doch zäh, was mehr zählt, denn wir können uns immer wieder aufrappeln. Die Rosen dort im großen Garten, die sacken in sich zusammen wie ein Käsesoufflé im Regen, wenn grad mal eine lächerliche Laus sie anzapft.»

Christina Rau scheint so ruhig und klug und bescheiden. Aber sie muß sich auf Gruppenfotos einfinden mit fremder Herren Präsidenten und deren aufgedonnerten

Gattinnen, von denen einige selbst im Schloß Bellevue in Leggings mit Raubkatzenmuster aufkreuzen. Augenrollen kann sie in solchen Momenten nur für sich behalten, d. h. herunterschlucken. Und dann weiß sie nicht, wo genau sie auf dem Foto stehen soll, und wird von Protokollbeamten auf ihre Position geschoben – und schließlich schaut sie wieder so. Immer ein bißchen tapfer, immer ein bißchen verletzt. Nie scheint sie gern da zu sein, wo sie gerade ist. Immer muß sie lauter sprechen, als sie möchte. Eine Frau, die lieber zu Hause wäre.

Und doch ist es leider möglicherweise völliger Unfug, was ich hier mutmaße. Schließlich bin ich selber oft genug Gegenstand solcher Mutmaßungen. «Was guckst du denn so?» Dann sag ich: «Wie soll ich denn gucken? Ich guck doch ganz normal!» – «Nein, du guckst komisch!» – «Ach was, ich gucke, wie ich immer guck.» Jemand, der ständig gefragt wird, warum er gerade so oder so guckt, sollte eigentlich Leute, die er nur aus den Medien kennt, mit Vermutungsexzessen wie den eben ausgeübten verschonen. Doch *hier* ragen die ehernen Richtlinien, und *dort* hockt das ruhmlose Handeln.

Kunstmalern sei empfohlen, gleich heute mit der Konzeption eines Werkes namens «Christina Rau und die Gattin des Machthabers von Brutopien stehen auf der Gruppenfoto-Treppe» zu beginnen. Zur Wissensauffrischung: Brutopien ist der Name einer fiktiven, an Osteuropa erinnernden Militärdiktatur aus einer der klassischen Entenhausen-Geschichten von Carl Barks. Zur Darstellung der Rückständigkeit dieses Landes hat Carl Barks der Hinweis ausgereicht, man habe dort insgesamt nur fünf Fernsehgeräte.

21. 1. 2002

Hausieren

Dem Briefkasten entnehme ich ein Schreiben der Plattenfirma WEA, das ungute Erinnerungen weckt. Das Label hat 1982 ein Album des dank meiner Beteiligung stets moribunden Musikprojektes «Foyer des Arts» herausgebracht, allerdings in einer so kompromißverstümmelten Form, daß ich mich damit nie recht identifizieren mochte, weswegen ich über seine nunmehr seit 19 Jahren anhaltende Nichtlieferbarkeit auch alles andere als betrübt bin. Die WEA schreibt nun, daß man beabsichtige, das Album als CD wiederzuveröffentlichen. Um in Erfahrung zu bringen, ob sie das überhaupt darf, müßte ich in den Vertrag gukken – meines Erachtens war in damaligen Verträgen nur von LPs und MCs die Rede. In dem Ordner, auf dem hinten «Verträge» steht, ist er leider nicht. Also beginnt ein stundenlanges Gesuche, das zwar den erwünschten Vertrag nicht ans Tageslicht bringt, dafür aber alles mögliche andere, z. B. ein Fax von 1993, in dem sich eine Berliner Rundfunkdame dafür entschuldigt, daß sie ein Gerücht über meinen Selbstmord weiterverbreitet habe. Ich hatte die Angelegenheit fast vergessen, nun aber fällt mir alles wieder ein. Es war genau so, wie man sich das vorstellt. Leute erschraken, als sie mich auf der Straße sahen, andere fragten mich am Telephon, ob es stimme, daß ich tot sei. Die Rundfunkfrau schrieb in ihrem Fax, sie habe «halt» irgendwo gehört, daß ich mir in Wien das Leben genommen hätte, und es tue ihr leid, mich auf diese Weise verletzt zu haben. Verletzt war ich eigentlich nicht, eher ein bißchen irritiert bis amüsiert. Das Gerücht zog allerdings nur mindere Kreise und war rasch eingeschlafen.

Mein Freund Marcus Rattelschneck schickte mir damals eine Zeichnung, auf der ein fröhlich vor sich hin pfeifender Bär zu sehen ist, neben dem steht: «Rauchend geht er in seinem Zimmer in Berlin umher, während in Wien Gerüchte über seinen Selbstmord hausieren.» Besonders gut gefiel mir das *hausieren*. Die Zeichnung hängt noch heute über meinem Schreibtisch – den dazu gehörenden «Vorgang» hatte ich trotzdem so gut wie vergessen.

22. 1. 2002

Madame Butterbrei

Im Radio wird ein Mann interviewt, der ein Kochbuch mit den Lieblingsrezepten Marlene Dietrichs herausgebracht hat. Er berichtet, die Schauspielerin habe die Qualität ihrer Liebhaber mit Rührei getestet, allerdings mit einem speziellen, das aus drei Eiern und 500 Gramm Butter bestand. Minuten später meint auf demselben Sender jemand von der CDU, Marlene Dietrich müsse jetzt unbedingt mit der Berliner Ehrenbürgerwürde versehen werden. Die Zeit sei «reif dafür», und der zehnte Todestag am 6. Mai sei ein «schöner Anlaß».

Es muß bezweifelt werden, daß die Wiederkehr eines Sterbedatums ein schöner Anlaß für irgendwas ist, mit Ausnahme vielleicht für Neuerscheinungen auf dem Gebiet der Philatelie. Was die Reife der Zeit angeht, würde ich sagen, am reifsten war die Zeit für eine solche Ehrung 1960, als die Dietrich erstmals wieder nach Deutschland kam. Doch zog man es vor, sie zu beschimpfen. Auch danach wäre noch 32 Jahre Zeit gewesen, wenngleich nunmehr, um im Bilde zu bleiben, überreife, gärende, verschrumpelnde Zeit. Jetzt aber ist die Zeit tot, um noch länger, vielleicht allzu konsequent im Bilde zu bleiben. Eine postume Ehrenbürgerschaft wäre ein anmaßender bürokratischer Akt, anmaßend, weil er nach Rehabilitierung röche: Aus dem Reich von Kunst und Geist ist Marlene Dietrich aber nie verstoßen worden. Wie also kommt die Politik auf die Idee, es sei an ihr, sie zu rehabilitieren?

Gott sei Dank geht mich das überhaupt nichts an. Doch das Rührei beschäftigt mich. Was sind das für Herren, die sich vorm Liebesakt ein Pfund geschmolzener Butter vorsetzen lassen? Wahrscheinlich handelt es sich um einen Scherz der alten Dame, vielleicht auch um einen Hör- oder Übersetzungsfehler. Ich entsinne mich einer vegetarischen Rezeptesammlung, aus dem Englischen übersetzt, in der für eine Art Ratatouille 500 Gramm grüner Pfeffer veranschlagt wurden. Unterm Tische derer, die das wortgetreu ausgeführt haben, wäre ich gern Mäuschen gewesen. Gemeint war mit Sicherheit grüner Paprika. Der heißt auf englisch auch «green pepper».

23. 1. 2002

Stäbchen

Zu Mittag esse ich in meinem liebsten chinesischen Restaurant, welches als «Originalchinese» gilt, d. h. man kocht und würzt dort wie in China selbst, und es gibt keine monströsen goldenen Löwen.* Es wird auch auf die

---

* Man kann gleichwohl in Hongkong und anderen Städten Restaurants mit gewaltigen goldenen Löwen finden, in denen das Essen genauso fade schmeckt wie in durchschnittlichen China-Restaurants in Deutschland.

Warmhalteplatten verzichtet, die man hierzulande für ein typisches Utensil chinesischer Restaurants hält. In China selbst sind sie unüblich, denn die Menschen dort legen überhaupt keinen Wert darauf, daß ihr Essen warm bleibt. Heiß kommt das Essen auf den Tisch, doch die Chinesen rauchen erst einmal fünf Zigaretten und bekakeln Diverses. Nach zwanzig Minuten beginnen sie, das lauwarme und mit Zigarettenrauch kräftig nachgewürzte Essen zu vertilgen.

Die meisten deutschen Gäste des Restaurants sind sich der Unverfälschtheit des Lokals bewußt und verzehren ihr Essen, um die Authentizität abzurunden, mit Eßstäbchen. Ich finde das dumm und sage zur Bedienung immer: «Mit Besteck, bitte!» Ich lehne es ab, Chopsticks zu benutzen, seit ich in der Zeitung eine Meldung gelesen habe, wie Menschen in Patagonien gegen das Abholzen ihrer Wälder protestierten. Das mag als Begründung nicht jedermann sofort einleuchten, aber dem Zeitungsartikel war weiter zu entnehmen, daß das argentinische Holz nach Japan verschifft wird, wo daraus Eßstäbchen gemacht werden. Wenn man nun bedenkt, wieviele hundert Millionen Mäuler es in Ostasien gibt, die dreimal täglich neue Eßstäbchen verlangen, wird man rasch anerkennen müssen, daß hier eine Vergeudung allzu langsam wachsenden Rohstoffs vorliegt, die man unmöglich als Lappalie bezeichnen kann. Viele Europäer, allen voran meine Wenigkeit höchstpersönlich, sind überglücklich über die hiesige Fülle asiatischer Verköstigungsmöglichkeiten. Ich wüßte echt nicht, was ich sonst den lieben langen Tag lang in mich reinstopfen sollte. Ein toller Kulturtransfer – nur etwas einseitig. Ausgewogener wäre die Sache, wenn unsere ausgezeichneten Besteckfirmen in Solingen und Geislingen an der Steige* schnell mal anderthalb Milliarden Messer und Gabeln herstellten, diese an den Häfen von Shanghai und Yokohama auskippten und sagten: «Eure kurzgebratenen Speisen und unser langlebiges Besteck – endlich ist die Zivilisation komplett.»

24. 1. 2002

Die Elektriker

Um viertel vor acht kommen zwei Elektriker. Es ist noch total dunkel, denn ich hab ja keine Deckenlampen. Diesen Zustand zu ändern war knapp und nackt gesagt die Absicht, die ich unterm Busen trug, als ich die Elektrofirma anrief. «Deckenhöhe 4 Meter 40», hatte ich sie am Telephon gewarnt und wie zur Entschuldigung hinzugesetzt: «Find ich auch etwas übertrieben.»

«Dann bringen wir die ganz lange Leiter mit.»

«Lampen aufhängen – das kann man doch wirklich selber machen!» rufen manche Leute, wenn sie hören, daß man Fachkräfte damit beauftragt. Gerade diejenigen, die sich so äußern, haben aber im allgemeinen zwei Jahre nach dem Einzug ihre Lampen noch nicht aufgehängt und sagen: «Jaja – kommt schon noch, bislang keine Zeit etc.» In Wahrheit fürchten sie genau wie ich die hohe Leiter.

Außerdem hat, wer es sich leisten kann, geradezu eine soziale Verpflichtung, solche Sachen von Handwerkern machen zu lassen. Alle Welt sagt, der Mittelstand müsse ge-

---

* Die Steige ist aber, das muß man wissen, kein Fluß, sondern eine steile Strecke der «Schwäbischen Eisenbahn». Man erinnere sich: «Rulla, rulla, rullala, rulla, rulla, rullala, Schtuegert, Ulm und Biberach, Mekkebeure, Durlesbach.»

stärkt werden. Man stärkt den Mittelstand aber am besten dadurch, daß man dessen Leistungen in Anspruch nimmt, und nicht, indem man die gottverdammte FDP wählt.

«Daß da noch die Preisschilder dran sind, das wissen Sie, oder?» fragt einer der Elektriker in bezug auf drei kleine Lämpchen, die ich in den Flur hängen lassen will. «Ja, die sollen auch dran bleiben, weil die Lampen von 110 DM auf 5 Euro reduziert wurden und ein so gewaltiger Preisnachlaß doch irgendwie Bestandteil des Charakters eines Gegenstandes wird», antworte ich.

«Das ist ja eine süße Begründung!» sagt der schwerleibige, todsicher heterosexuelle Mann, ohne durch seine Wortwahl an Würde zu verlieren. Daß sich heterosexuelle Männer so ausdrücken, scheint in bestimmten Kreisen gerade in Mode zu kommen. Was genau das für Kreise sind, kann ich nicht definieren, aber ich habe schon öfter vollkommen unschwule Männer erlebt, die einander mit «Schatz» oder «Liebling» anreden, was anfangs sicher ironisch gemeint war. Durch die ständige Wiederholung ist die Ironie aber gänzlich verlorengegangen. Ein ähnlicher Fall liegt bei zwei ca. vierzigjährigen Frauen aus intellektuellen Berufen vor, die einander schon seit Jahren ganz ernsthaft mit Mutti anreden.

Die Elektriker sind wie Eichhörnchen. Ich kann kaum hingucken, wie der eine Mann auf der allerobersten Stufe der Trittleiter steht und an den Zutzeln, die aus der Decke kommen, herumfingert, und der andere in Auffangbereitschaft am Boden bleibt. Irgendwann kann ich doch hingukken und finde die Lampenaufhänger lässig und easy-going.

Im nächsten Leben werde ich ein cooler Berliner Lampenaufhänger. Man ist abends nicht heikel mit dem Fernsehprogramm, guckt sich einfach alles an, was da so kommt, und ist zufrieden. Tolle Sache. Was ich im nächsten Leben auf keinen Fall sein möchte, ist Papierrestaurator. Alle Bücher, die nach 1800 oder so hergestellt wurden, enthalten eine zerstörerische Säure, d. h. alle Bücher der letzten zweihundert Jahre fressen sich selber auf, wie Autophagen – das sind Menschen, die ihre eigenen Arme und Beine essen. Die Papierrestauratoren sind von früh bis spät auf den Beinen, sie spalten die Buchseiten und geben ihnen einen neuen Kern, was bestimmt ganz schön anstrengend ist und zu permanenter Verzweiflung führt, denn sosehr sie sich auch mühen, die Restauratoren können nie mehr als nur einen Bruchteil dessen, was sich zu behalten lohnte, retten. Und selbst wenn sie ein Buch für die nächsten hundert Jahre erhielten, was ist in tausend Jahren? Und in einer Milliarde Jahren explodiert der Mond oder verschwindet sonst irgendwie, das weiß man komischerweise jetzt schon, und wenn die Erde keinen Mond mehr hat, wird sie sich viel schneller drehen, was zu ständigen Wirbelstürmen und Überschwemmungen führt – wozu soll man da Papier restaurieren?

Lieber Lampen aufhängen, denn Lampen werden spätestens nach zwanzig Jahren unmodern, da rümpfen die Gäste die Nase und fragen: «Sie sind wohl eher nicht zufällig Abonnent der Zeitschrift ‹Licht und Leuchten heute›?», und um solche Situationen zu vermeiden, kauft man sich rechtzeitig neue. Das heißt: Nach einer Lampe, die ich heute aufhänge, kräht in einer Milliarde Jahren *sowieso* kein Hahn mehr.

Fünf Stunden benötigen die beiden Elektriker, um elf Lampen aufzuhängen. Wie lange braucht jemand, der das nicht jeden Tag macht? Ich schätze, drei Monate. Jeden Sonntag eine.

30. I. 2002

Beim Warten auf das Frühstück geschrieben

Um halb acht geht im Hof die Motorsäge an. Im Sommer müssen vorwitzige oder boudoirverschattende Äste abgesägt werden, aber was gibt es denn im Winter zu sägen? Im Winter sägt man doch nicht! Im Winter schläft man. Umzug ins Gästebett, wo ich auch keinen Schlaf finde, sondern nur tristes Wälzen. Gut, dann wird eben aufgestanden und aushäusig gefrühstückt.

Auf dem Weg zum Café zahle ich bei der Post einen Gagenhaufen ein, der zehn Tage lang störend auf meinem Schreibtisch herumlag.

Am philatelistischen Sonderpostschalter beschuldigen sich Briefmarkensammler in ungustiösen Herrenlederjacken gegenseitig, sich vorgedrängelt zu haben. Umtost von dieser schlechtgelaunten Dialektvorführung, entwickelt sich ein schöner Dialog zwischen mir und der Dame hinter der Servicetheke – «Schalter» sagt man ja wohl nicht mehr.

«Brauchen Sie eine Bescheinigung fürs Finanzamt wegen der Kapitalertragssteuer?»

«Kriegt man die nicht automatisch zugeschickt?»

«Nein, das machen wir hier.»

«Und was ist das, was ich immer zugeschickt bekomme?»

«Woher soll ich wissen, was Sie immer zugeschickt bekommen? Vielleicht haben Sie noch einen Sparbrief?»

«Ja, das könnte sein.»

«Sie müssen doch wissen, ob Sie einen Sparbrief haben!»

«Nein, so genau weiß ich das manchmal nicht. Ich hab da nämlich alles mögliche.»

«Ach so, Sie haben alles mögliche. Na denn!»

«Ich hab da jemanden, der das für mich regelt.»

«Na denn!»

(Keine Antwort)

«Aber Geld einzahlen könnse noch alleene, wa?»

31. 1. 2002

Murphys Undank

Freund Felix besucht mich. Rotwein soll getrunken werden. Der Tisch, an dem wir sitzen, steht auf einem «feinen Teppich».

Felix sagt: «Ich würde niemals einen derart guten Teppich haben wollen. Da muß man ja immer so aufpassen, daß da nichts draufkommt. Ständig zwingt er dich zur Selbstbeherrschung. Ich will mich aber gehen lassen. Gerade bei Rotwein.»

Ich sage: «Den Teppich habe ich seit Jahren, und schau ihn dir an. Da ist noch nie was draufgekommen, obwohl ich bei mir zu Hause keine Fesseln kenne. Es ist, wie wenn man einen Anzug trägt. Dann bewegt man sich anders, und man bekleckert sich weniger. Am besten, man hat einen weißen Teppich und trägt einen weißen Anzug, je edler, desto besser. Dann passiert wahrscheinlich gar nichts mehr.»

Ich fühle mich an einen allzu populären Blödsinn erinnert, der sich Murphys Gesetz nennt und besagt, daß alles schiefgeht, was nur schiefgehen kann. Das populärste Beispiel ist, daß man im Supermarkt stets in der langsamsten

Schlange steht. Die Behauptung, daß ein Butterbrot mit Sicherheit mit der gebutterten Seite auf dem Fußboden lande, kennt auch jeder. Was zwingt die Menschen, sich auf hundert Internetseiten ständig neue Variationen dieses Unfugs auszudenken? Vermutlich ist es nichts als ein getrübter Blick, Mißbrauch von geistigen Möglichkeiten und eine alles umfassende Undankbarkeit.

Wie oft stand ich beim Einkaufen schon in der schnellsten Schlange? Sehr oft! 1985 löste sich in der Lübecker Straße in Berlin-Moabit ein Ziegel vom Dach eines Hauses und zerschellte direkt vor meinen Füßen. Ich hätte tot sein können. War ich aber nicht! Tausende von Malen hätte ich schon beim Duschen ausrutschen und mir was brechen können. Nichts brach. Und selbst wenn ich einmal in unschöne Lagen geriet, hat mich meistens niemand dabei fotografiert. Man sagt, Ratten gibt es fast überall. Ich ergänze: Schutzengel auch. Dafür möchte ich mich seit langem bei irgendwem bedanken. Bei wem bloß?